U0077346

BOOKS

Simply Learning, Simply Best!

Simply Learning, Simply Best!

Sentences and Translation for
International Trade and Business

倍斯特出版事業有限公司
Best Publishing Ltd.

國貿人 翻譯句型
在全世界做生意
必備關鍵

MP3

知道如何報價嗎？貨遲遲不來怎麼辦？到貨損壞要如何處理？

2大學習關鍵 奠定英文翻譯基礎＋根植良好溝通能力

劉美慧 ◎ 著

✓ 「94這樣用」

特別於各句設計主題醒目標示，於回覆英文信件時能快速
查找，不卡關地完成各英文書信，且每句均附MP3音檔，
用「聽」的強化「閱讀」和「寫作」能力，大幅地提升對
各主題的翻譯和寫作能力。

✓ 「Amy Time」

獨家規劃求職者最迫切需要的經驗談分享（即Amy
time），有效拉近與主管和同事間雙方認知落差、
正確理解客戶、廠商、上司思考邏輯，縮短入行陣
痛期，不再是只有「學歷」、「證照」能勝任職務
的專業能力。

Author's Preface.
作者序

您相不相信讀這本書對身心健康有助益？您不用再翻回封面確認書名了，沒錯，這是一本外貿英文的工具書，是一本讓您紮穩馬步、提氣向前衝刺的單字句型書，那…那這跟健康有啥干係啊？我雖然挺愛開玩笑，但真的不打誑語，且請看倌聽我細細道來！

我們的外貿工作都跟英文有關，工作這事呢！每天就是實戰上場，也常有昨天您還想不到的任務，今天就派到了我們身上，明天就要實地驗收，可能要我們寫封跟國外斡旋協商的長信，可能要我們撥個電話給國外討論又急又難纏的問題，也可能是要派我們出國去跟廠商或客戶洽談⋯⋯若要速速補充貿易議題或產品知識，倒還使得來，但是英文這東西啊！要讓自己「就緒」，要能讓我們在工作上用得得心應手，真的不是挑燈夜啃個幾個晚上就成了，它要的規格至少是「年度計畫」！

要把底子打穩了，不停歇，這樣才有可能向上提升，也才能讓您在工作上游刃有餘，不管面對任何的挑戰，都不會因為英文而焦慮，只有當您能對英文不慌不亂時，您的專業才能不折不扣地發散魅力！若您能用這本書打好外貿英文的基底，您的心會定會靜、能安能慮又能得到成就感，您說說看，這樣是不是就對身心健康有莫大的幫助啊？！讓我們一起在英文上精進不歇，讓英文為我們的健康打拼吧！

劉美慧（Amy）

Editor's Preface.
編者序

　　在工作中往往不能單靠專業知識、證照等就能暢行無阻。很多時候與人溝通扮演著重要的角色。本書中「Amy time」單元，是讀者迫切需要的經驗分享，能有效縮短與客戶、廠商和主管間的認知差異，立即勝任職務。

　　《國貿人在全世界做生意的必備關鍵英單＋句型》和**《國貿人在全世界做生意的必備關鍵句型*翻譯》**算是姊妹篇，但都側重於不同的學習特點上。前者介紹基礎國貿單字與應用，後者則強化單句翻譯能力和國貿經驗強化。

　　誠摯推薦給應屆畢業生以及國貿老鳥，是求職筆試＋入行必備、轉職、升遷的最佳參考用書。

Instructions
使用說明

獨家規劃國貿主題介紹，一次性掌握各單元所需具備的專業和必背單字，不死記、回想某個商業行為或活動就能推想每個字的意思。

1-1
對產品有興趣，請報來價格！

🔍 **國貿主題介紹**

　　國際貿易進出口雙方的本事在於能將天涯一線牽，能牽成交易，進而牽出利潤，要如何牽成、從何而牽，憑藉的就是「興趣」（**interest**）了！廠商戮力創造出能讓客戶感興趣、能合乎客戶需求（**requirement**）的產品，只要客戶想要廠商報價（**quote**）、想詢問（**inquire**）產品、需要（**require**）廠商來為其解答，那麼，交易的可能就被創造出來了，廠商也就取得了一筆有望案件，可進而為客戶提供（**provide**）服務，回應客戶詢價中常見的提問，包括型號（**Catalog no.**）、規格、價格、現貨狀況（**availability**）、出貨準備時間（**lead time**）等資訊。有了這些資訊之後，客戶就能明確地來評估採購需求，向完成交易路出一大步呢！

請務必熟記這些套色粗體字喔。

別懷疑！真的就是這樣翻。趕快拿起筆動手練習吧！

附超值MP3，大量聽誦，藉由聽力強化讀、寫、譯和說的技能，翻譯、口說和寫作能力大躍進。

 這樣翻

MP3 01

1. 客戶表示對產品有興趣，請廠商告知價格及供貨期

interest [`ɪntərɪst] *n.* 興趣、利益、利息、股份；*v.* 使感興趣

例 We have an **interest** in your ADC product. Please e-mail to me your quote for its pricing and lead time.

我們對您的 ADC 產品有興趣，還請 e-mail 給我您的報價，告訴我此產品的價格及供貨期。

2. 客戶提出規格要求，請廠商報價

requirement [rɪ`kwaɪrmənt] *n.* 要求、必要條件、規定

例 We're interested in your A-plus system. Below are our specification **requirements**. Please send us your quotation.

我們對您的 A-plus 系統有興趣，下列是我們的規格要求，請您報價。
minimum order requirement 最小訂單要求

3. 客戶詢問不同數量的產品報價，以供評估

quote [kwot] *n. v.* 報價、報價單、引用

例 Your ADS product kit is of our interest and we would like ⋯⋯es for the quantity of 1, 5 & 10 for our evaluation.

⋯⋯ADS 產品有興趣，還請告知買 1 組、5 組、10 組的價格為⋯⋯評估一下。
⋯⋯wo`teʃən] n. 報價、報價單

精選各國貿主題例句，立即提升求職+考照即戰力。

17

證照跟實務能力在職場上遠遠不夠力。超值Amy Time，能有效縮短您與廠商、主管等的認知差異，趕快多看看吧！讓你每天都順心！

原來我們都曾是迷失的羔羊 XDD！

✉ **Amy Time**

❓ **國貿人提問：怎麼問題都不一次問完呢？！**

您好，我想要問一個我老是在工作中碰到的一個問題。我是一家化學藥品代理商的業務祕書，我每天都會處理到主管和業務同事所提的詢價問題，要我「去問問價格」，當一接到指令，我就得要立馬發出詢價 e-mail 給國外的廠商與供應商，但是，常常我問回了價格之後，他們又會回問我其他的問題，像是「國外有貨馬上出嗎？」、「有要收什麼其他的費用嗎？」、「有說效期嗎？」啊明明他們原先都沒問，為什麼我問了價格後就冒出一大堆問題啊？！而且當我回答不出來時，我的主管還會發出「嘖」的一聲，外加皺眉，還訓說我下次要問清楚點！我真搞不清楚他們，是他們自己交代事情不清楚，怎麼能都怪我處理得不清楚呢？這樣的事一次次地發生，我就一次次地只能自己生悶氣。請問 Amy，我到底要怎麼樣才能讓我的主管跟同事在提出問題時，一次說清楚，讓我好辦事，又不會被怪罪啊？請幫幫心底不時有一把無名火的我，謝謝！

衷心希望大家說話說得完整、提問問得清楚的 Mary

國貿經驗分享談

親愛的 Mary，妳好！希望能幫您將「無名火」轉為「有名火」…啊！不是這麼說啦！其實妳有個很棒的地方，因為妳是打從心底知道妳對主管與業務同事有意見的癥結點在哪裡！只要理得出因，那所求的果就唾手可得了！我們說怎麼老是有人話不一次說完，沒說還怪我們沒想到呢？我們要先認清一點：這樣的人，大有人在！那該

跟Amy老師學準沒錯喔！

如何是好呢？我們要求不了別人，但絕對可以從自己開始改起！主管只說要妳詢價，那我們就自己來想個周延，將與價格有關的重要訊息一併問來！那我們怎麼知道要多問哪些呢？請妳想一下訂單或訂貨確認單的格式，裏頭不外乎就這四大重點：**產品、價格、出貨、付款**！產品資料中會有型號、規格、效期等，價格裡會有產品價格、折扣、相關雜費－如處理手續費、包裝費、運費等，而出貨部分會談到現貨狀況、出貨方式。至於付款部分，詢價的人通常不用特別詢問，報價的人就會自行多加說明呢！

所以說囉！當妳掌握了這些要點之後，妳就有辦法如行雲流水般地娓娓問來，先說清楚妳要詢的型號與規格，若有不清楚之處，一定開問！再來就是詢問價格了－但現在許多原廠的網站上都有列出價格，那我們還是想確認價格的話該怎麼問呢？此時妳就可換個方式問，問有無折扣！另外，再問上運費及相關費用，最後再加問個效期、供貨時間，那這就是個可因應主管與業務所需的詢價內容了！當妳能有問必答，有得回答，別人開始不「噴」、不皺眉就是小事了，重要的是我們懂得了整套詢價作業的要點，擁有了對事的預應處理能力呢！共勉之！

21

粗體套色的關鍵字一定要看阿！其實不完全是替懶人們設計的，它能讓我們快速瀏覽跟掌握出某些重點喔！

CONTENTS
目次

PART 1 交易成形篇

PART 4 必備文件篇

PART 5 會議展覽篇

PART 9 昭告天下篇

PART 1
交易成形篇

交易要成形，買方不用費心探虛實，只要用心探得完整，即可取得所需的資訊。而賣方收到買方發來的詢問信時，即表示交易可望成形的機會來了，所以更該回得完整，有問必答！交易成形的關鍵通常是「價格」，所以議價也會是買賣雙方溝通斡旋的一大重點！要求特價的買方要將理由說得真切完整，而提供折扣與促銷方案的賣方也要將可協助的優惠條件說得明白清楚，那這樣就很有機會成就交易美事了呢！

1-1 對產品有興趣，請報來價格！

國貿主題介紹

　　國際貿易進出口雙方的本事在於能將天涯一線牽，能牽成交易，進而牽出利潤！要如何牽成、從何而牽，憑藉的就是「興趣」（interest）了！廠商戮力創造出能讓客戶感興趣、能合乎客戶需求（requirement）的產品，只要客戶想要廠商報價（quote）、想詢問（inquire）產品事、需要（require）廠商來為其解答，那麼，交易的可能就被創造出來了，廠商也就取得了一筆有望案件，可進而為客戶提供（provide）服務，回應客戶詢價中常見的提問，包括型號（Catalog no.）、規格、價格、現貨狀況（availability）、出貨準備時間（lead time）等資訊。有了這些資訊之後，客戶就能明確地來評估採購需求，向完成交易踏出一大步呢！

1. 客戶表示對產品有興趣，請廠商告知價格及供貨期

interest [`ɪntərɪst] *n.* 興趣、利益、利息、股份；*v.* 使感興趣

> 例 We have an **interest** in your ADC product. Please e-mail to me your quote for its pricing and lead time.

我們對您的 ADC 產品有**興趣**，還請 e-mail 給我您的報價，告訴我此產品的價格及供貨期。

2. 客戶提出規格要求，請廠商報價

requirement [rɪ`kwaɪrmənt] *n.* 要求、必要條件、規定

> 例 We're interested in your A-plus system. Below are our specification **requirements**. Please send us your quotation.

我們對您的 A-plus 系統有興趣，下列是我們的規格**要求**，請您報價。

minimum order requirement 最小訂單要求

3. 客戶詢問不同數量的產品報價，以供評估

quote [kwot] *n. v.* 報價、報價單、引用

> 例 Your ADS product kit is of our interest and we would like your **quotes** for the quantity of 1, 5 & 10 for our evaluation.

我們對您的 ADS 產品有興趣，還請告知買 1 組、5 組、10 組的**價格**為何，好讓我們評估一下。

quotation [kwo`teʃən] n. 報價、報價單

4. 詢問新系統的價格及索取說明書

inquire [ɪn`kwaɪr] *v.* 詢問

例 I am writing to **inquire** about your most recently launched automation system. Please give us its pricing as well as data sheet for our reference.

我想來**問問**您最新推出的自動化系統，請給我此產品的價格及其說明書，供我們參考。

inquiry [ɪn`kwaɪrɪ] n. 詢問

5. 詢問產品的價格及索取規格表

require [rɪ`kwaɪr] *v.* 需要

例 We'd like to **require** a quote for your ADC product. Please send it to me and attach its specification sheet for our reference.

我們**想要**您 ADC 產品的報價，請發給我，也請附上其規格表供我們參考。

required [rɪ`kwaɪrd] adj. 必須的、規定的

6. 詢問產品報價，要求提供技術規格資料

provide [prə`vaɪd] *v.* 提供

例 *Please provide quotation* for the products detailed below along with their relevant technical specifications.

請**提供**如下產品的報價及其相關的技術規格資料。

provision [prə`vɪʒən] n. 提供、條款

7. 請廠商告知產品的型號、規格大小及價格

catalog [ˋkætəlɔg] *n.* 型錄，目錄

= catalogue（英式拼法）

例 Please let us know the **catalog number,** size and price of your new-generation ADC product.

請告訴我們您新一代 ADC 產品的型號、規格大小及價格。

8. 詢問產品所有規格的價格與現貨狀況

availability [ə,veləˋbɪlətɪ] *n.* 現貨狀況、可得到的物（人）

例 We'd like to know the price and **availability** of all sizes of your ADC product.

我們想知道您 ADC 產品所有規格的價格與現貨狀況。

available [əˋveləb!] adj. 有現貨的、可得到的、有空的

unavailable [͵ʌnəˋveləb!] adj. 得不到的

9. 客戶請廠商告知價格及產品的交貨準備期

lead time [lid taɪm] 訂單準備時間、交貨準備期

例 We're looking for custom peptide synthesis products to meet our research needs outlined below. If you could provide, please send us your quotation and also let us know the **lead time** of these products.

我們想要找能符合我們下列研究需求的訂製胜肽合成產品，若是您能提供，請給我們您的報價，也請告知這些產品的**交貨準備期**。

? 國貿人提問：怎麼問題都不一次問完呢？！

　　您好，我想要問一個我老是在工作中碰到的一個問題。我是一家化學藥品代理商的業務祕書，我每天都會處理到主管和業務同事所提的詢價問題，要我「去問問價格」，當一接到指令，我就得要立馬發出詢價 e-mail 給國外的廠商與供應商，但是，常常我問回了價格之後，他們又會回問我其他的問題，像是「國外有貨馬上出嗎？」、「有要收什麼其他的費用嗎？」、「有說效期嗎？」啊明明他們原先都沒問，為什麼我問了價格後就冒出一大堆問題啊？！而且當我回答不出來時，我的主管還會發出「嘖」的一聲，外加皺眉，還訓我說下次要問清楚點！我真搞不清楚他們，是他們自己交代事情不清楚，怎麼能都怪我處理得不清楚呢？這樣的事一次次地發生，我就一次次地只能自己生悶氣！請問 Amy，我到底要怎麼樣才能讓我的主管跟同事在提出問題時，一次說清楚，讓我好辦事，又不會被怪罪啊？請幫幫心底不時有一把無名火的我，謝謝！

衷心希望大家說話說得完整、提問問得清楚的 Mary

國貿經驗分享

　　親愛的 Mary，妳好！希望能幫您將「無名火」轉為「有名火」…啊！不是這麼說啦！其實妳有個很棒的地方，因為妳是打從心底知道妳對主管與業務同事有意見的癥結點在哪裡！只要理得出因，那所求的果就唾手可得了！我們說怎麼老是有人話不一次說完，沒說還怪我們沒想到呢？我們要先認清一點：這樣的人，大有人在！那該

如何是好呢？我們要求不了別人，但絕對可以從自己開始改起！主管只説要妳詢價，那我們就自己來想個周延，將與價格有關的重要訊息一併問來！那我們怎麼知道要多問哪些呢？請妳想一下訂單或訂貨確認單的格式，裏頭不外乎就這四大重點：**產品、價格、出貨、付款**！產品資料中會有型號、規格、效期等，價格裡會有產品價格、折扣、相關雜費－如處理手續費、包裝費、運費等，而出貨部分會談到現貨狀況、出貨方式，至於付款部分，詢價的人通常不用特別詢問，報價的人就會自行多加說明呢！

　　所以説囉！當妳掌握了這些要點之後，妳就有辦法如行雲流水般地娓娓問來，先説清楚妳要詢的型號與規格，若有不清楚之處，一定開問！再來就是詢問價格了－但現在許多原廠的網站上都有列出價格，那我們還是想確認價格的話該怎麼問呢？此時妳就可換個方式問，問有無折扣！另外，再問上運費及相關費用，最後再加問個效期、供貨時間，那這就是個可因應主管與業務所需的詢價內容了！當妳能有問必答，有得回答，別人開始不「嘖」、不皺眉就是小事了，重要的是我們懂得了整套詢價作業的要點，擁有了**對事的預應處理能力**呢！共勉之！

謝謝詢價，
附上報價及相關資料！

國貿主題介紹

　　收到客戶發來的詢價，就代表著一切有希望，訂單生成有指望，業績成長可望又可及！此時廠商應當稍稍按耐住見獵心喜的喜孜孜，速速且完整地回覆客戶，協助（assist）客戶所需，針對其所要求（request）的產品與資訊來逐一答覆，甚至是附上（attach）相應（corresponding）的文件，使其內含（include）產品與訂購等相關資料，讓客戶慢慢享用，好好審視（review）一番！

　　在產品報價的部分，除了在 e-mail 中說明報價內容之外，有的廠商還會另行開立正式的報價單或形式發票（Proforma Invoice），讓客戶一次看個夠，一次備齊所有相關的價格與條件，方便客戶瞭解所有的要求。

　　廠商在送上所有該有的資料後，當然會希望盡快收到客戶的回饋（feedback），看客戶對報價內容有無何意見，有沒有什麼需要調整之處（adjustment）或再溝通的地方。若是客戶對產品確實中意，對價格也無意見，對廠商所立的條件亦無異議，那麼，有些廠商會請客戶乾脆就在報價單或形式發票上簽名回傳，就當作正式下單了喔！

94這樣翻

1. 廠商樂意提供協助，送上報價如下

assist [ə`sɪst] *v.* 協助

例 Thank you for your email. I am glad to **assist** you with your request. Please find pricing below for the products you are interested in.

謝謝您的 e-mail，很高興可**協助**您所需，請見您有興趣之產品的價格資料如下。

assistance [ə`sɪstəns] n. 協助

assistant [ə`sɪstənt] adj. 有幫助的；n. 助理

2. 廠商告知客戶所要求產品的價格

request [rɪ`kwɛst] *v.* 要求；*n.* 要求、請求

例 Thank you for your inquiry and interest. Please find below the price for your **requested** item.

謝謝您的詢問及興趣，請見您所要求品項的價格如下。

3. 廠商送上報價單如附

attach [ə`tætʃ] *v.* 附上

例 Thank you for your interest in our product. Please see the **attached** quote for the pricing and lead time of the product you requested.

謝謝您對我們的產品有興趣，請見所附上的報價單，裏頭有您所要此產品的價格與供貨期資訊。

attachment [ə`tætʃmənt] n. 附件

4. 廠商送上與客戶所詢相應的報價單及條件資料

correspond [͵kɔrɪ`spand] *v.* 符合、相應

例 Thank you for your inquiry. I'm sending you the **corresponding** quote # 1202 along with our general sales conditions.

謝謝您的詢價，在此送上與之相應的報價單 # 1202 及我們的一般銷售條件資料。

5. 廠商送上報價單，裡頭包含了客戶所要求的價格資訊

include [ɪn`klud] *v.* 包括、包含

例 Thank you for requesting a quote from HonTa Technologies. The pricing information is **included** in the attached quote.

謝謝您發來訊息，要求宏大科技提供報價，附件的報價單即含有您所要的價格資訊。

exclude [ɪk`sklud] v. 不包括；排除

6. 廠商提供建議替代產品的報價與資料如附

review [rɪ`vju] *n. v.* 檢查、評估

例 Thank you for contacting us. The requested product is currently unavailable. However we do offer an alternative that may be of interest. Please find attached the product manual and quote for your **review**.

謝謝您與我們聯絡，您所要求的產品目前並沒有現貨，但我們有項可替代的產品，您可能會有興趣，在此附上其產品手冊與報價單供您查看。

7. 廠商提供形式發票如附

proforma [pro `fɔrmə] *adj.*（拉丁文）形式上

例 Attached is a **Proforma** Invoice for the items you are interested in ordering. Please let me know if you need any changes or further information.

送上您有興趣訂購之產品的**形式**發票如附，若有需修改之處或需其他資訊，再請告知。

8. 廠商送上報價單，期待客戶給予回饋

feedback [`fid,bæk] *n.* 回饋、反饋的信息

例 Thanks for your inquiry. This is Hank writing from Automation Department. I am glad to be of service to you. Attached please find our quotation. Your early **feedback** will be highly appreciated.

謝謝您的詢價，我是自動化部門的 Hank，很高興能為您服務，請見我們的報價單如附，如能盡早有您的**回饋訊息**，我們將會非常感激。

9. 廠商送上報價單，請客戶告知是否有任何需調整之處

adjustment [ə`dʒʌstmənt] *n.* 調整

例 Thank you for your email. Please see the attached quote and let me know if any **adjustments** have to be made or if you have any questions.

謝謝您所發來的 e-mail，請見報價單如附，如須做任何**調整**，或是您有其他的問題，還請告知。

adjust [ə`dʒʌst] v. 調整

adjustable [ə`dʒʌstəbl] adj. 可調整的

1-3

報價與條件如此這般

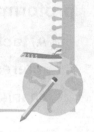

國貿主題介紹

　　廠商的報價內容可能短短兩三行，但其中可有好些個「內幕」與條件是不知不可，知了才不會懵懵懂懂、誤算少算呢！廠商所訂出、發展出（**develop**）的價格，依對象不同而各有分別，若對象是經銷商，就會說到經銷商（**distributor**）價格，而此價與所謂的移轉（**transfer**）價格是一樣的；若對象是使用者，那廠商所給的多是定價，也就是零售（**retail**）價、型錄價格、使用者價格。說完產品價格後，廠商可還有好些事情要交代一下，像是要說明除了產品本身價格之外的相關費用，例如處理費、包裝（**packaging**）費、文件費、運費、關稅（**duty**）與其他稅金等費用，有的廠商報價可報美元或歐元等不同幣別（**currency**），所以也會說明一下所報的貨幣為何。此外，有的廠商還會制定最小（**minimum**）訂單金額或數量，若是訂得太少，廠商會不受理，或者是，不管客戶訂的小額有多小，廠商還是會以最小訂單金額來計算、來開發票。

　　最後，若是廠商有給予特價支持，那請注意此特價就一定會有時效性，報價單上或 e-mail 中必然會有像是「在 30 天內下單，該特價方屬有效（**valid**）」的規定囉！

1. 廠商提醒經銷商將特別折扣的優惠轉給客戶

develop [dɪ`vɛləp] *v.* 發展、形成

例 We've **developed** the approximate pricing below. Note that we have included already a special bulk discount in the price. Please extend these cost savings to the customer.

我們已**訂出**概略定價如下，請注意此價格已包含量大特別折扣，請將此減省的成本轉給客戶。

development [dɪ`vɛləpmənt] n.

2. 廠商報來經銷商價格，並告知可供貨時間

distributor [dɪ`strɪbjətɚ] *n.* 經銷商

例 The current **distributor price** for the product is $530 USD and please allow 2 weeks for delivery. If you need any additional information please let me know.

目前此產品的**經銷商**價格為 530 美元，2 個星期後可出貨，若您有需要任何其他資訊，再請告知。

distributorship [dɪ`strɪbjətɚʃɪp] n. 代理權、銷售權

3. 廠商報來移轉價格給經銷商，並通知現貨效期

transfer [`trænsfɚ] *n.* 轉讓、轉帳；[træns`fɚ] *v.*

例 Your **transfer** price for 1 vial is 201 EUR. The current lot's expiry is 06/2018. We look forward to receiving your purchase order.

給您的**移轉**價格為每瓶 201 歐元，現貨批次的效期至 06/2018，期待收到您的採購單。

4. 廠商告知零售價格，問確實需求量為何

retail [`ritel] *n. v. adj.* 零售（的）

> 例 The **retail** price for the requested device is US$1,171.00. Please tell me what quantity you need and I will get you the exact pricing.

您所要求之裝置設備的**零售**價格為 1,171 美金，請告訴我您需要的量為何，我就會再報給您確實的價格。

5. 廠商報來使用者價格，要求出貨前簽立材料移轉同意書

currency [`kɝənsɪ] *n.* 貨幣

> 例 The end user pricing for the inquired item is €1.580,00 (**currency** is Euro) and it's in stock currently. Please note that we require our end user to sign a Material Transfer Agreement (MTA) prior to shipment.

所詢品項的使用者價格為 €1,580（**幣別**為歐元），目前有現貨，請注意我們需要使用者在出貨前簽署「材料移轉同意書」（MTA）。

current [`kɝənt] adj. 現今的、通用的

6. 送上報價單，提醒效期與交貨準備期

valid [`vælɪd] *adj.* 有效的

> 例 Attached please find Quote Number: CDSW1202 for the requested items. Please note that this quote is **valid** within 30 days. The lead time is about 10 business days.

在此附上所要求品項的報價單單號 CDSW1202，請注意此報價 30 天內**有效**，交貨準備期約為 10 個工作天。

validity [vəˋlɪdətɪ] n. 有效、效力、正確

7. 加收特殊處理的包裝費

packaging [`pækɪdʒɪŋ] *n.* 包裝、包裝材料

例 The requested product is categorized as dangerous goods. Its price is $ 195/vial and please note that an additional Dangerous Good handling/**packaging fee** will be incurred.

這項所要求的產品屬於危險物品，其價格為每瓶 195 美元，請注意另會有一筆「危險物品」處理／包裝費用。

improper packaging 包裝不當

8. 報價不含關稅與其他稅負

duty [`djutɪ] *n.* 稅、責任

例 The cost for Cat. # 1220 is $307.00 USD per 0.1 mg vial. Customs **duties** and taxes, if any, are not included and will remain the responsibilities of the consignee.

型號 1220 每 0.1mg 瓶裝的成本為 307 美元，任何的關稅與稅金皆不含在此價格裡，將由受託人負擔。

import / export duty 進口／出口稅

9. 下單有最小訂單金額的要求

minimum [`mɪnəməm] *n. adj.* 最小量（的）。縮 min.

例 The **minimum** order value is 1,050 Euro. For the price for 3 kits is 3,150 € + 550 € for shipment.

最小訂單金額為 1,050 歐元，3 組的價格為 3,150 歐元＋運費 550 歐元。

maximum [`mæksəməm] n. adj.最大量（的）。縮 max. n. adj. 最大量（的）

29

廠商回覆了客戶所詢有關產品與價格等諸多問題之後，通常都會再多說些，再寫上幾句誠心、有心、貼心的交待話語，告訴客戶若有任何其他的問題與意見（**comment**），若想要更進一步（**further**）的資訊，或是有其他（**additional**）考慮、關心的事（**concern**），都請不要客氣，也不要遲疑（**hesitate**），有問題就儘管放馬過來，廠商必定盡心盡力為客戶提供服務（**service**），隨時準備著、保持著（**remain**）聽候差遣的誠意，為客戶解答任何的疑慮！

廠商在表達完上述明心至誠之後，最後多會再提點一下客戶，告訴客戶他們的衷心期許，期待（**look forward to**）能早日收到客戶的回音，盡快談成交易，盡速收到訂單，最後，還會再次表示感謝之意，告訴客戶，若是這些期許能成真，廠商將會感恩在懷，感激（**appreciate**）在心啊！

1. 如有意見，請儘管與我們聯絡

comment [ˋkɑmɛnt] *n. v.* 評論、意見

例 Please feel free to contact us with any questions or **comments**.

若您有任何問題，或是有任何**意見**，都請儘管與我們聯絡。

make a comment 做出評論

no comment 無可奉告

2. 如需進一步的資訊，請儘管說

further [ˋfɝðɚ] *adj.* 進一步的、另外的

例 Please do not hesitate to get back in touch if you require any **further** information or assistance placing this order.

若是您在下單方面需要任何**進一步的**資訊或協助，還請儘管與我們聯絡。

furthermore [ˋfɝðɚˋmor] adv. （正式）而且、此外

搭配詞：further to （英，正式）繼⋯之後

3. 如有其他問題，請直言

additional [əˋdɪʃənl] *adj.* 額外的

例 Please let me know if you have any **additional** questions.

若您有任何**其他的**問題，還請告知。

addition [əˋdɪʃən] n. 附加

in addition 另外；in addition to 除⋯之外

4. 如有其他想問、關心的事，請儘管與我們聯絡

concern [kən`sɜn] *n. v.* 關心的事、擔心

例 I hope this information is helpful. Please do not hesitate to contact us again in case of any further questions or **concerns**.

希望此資訊對您有幫助，若是您有任何其他的問題或**想知道的事**，都請儘管再與我們聯絡。

main/primary/major concern 最關心的事

as far as sb/sth be concerned 就某人/某事而言

to whom it may concern （正式）敬啟者

5. 有疑處請莫遲疑，請儘管問！

hesitate [`hɛzə,tet] *v.* 遲疑、有顧慮

例 If you require any other information please do not **hesitate** to contact us.

若您需要任何其他的資訊，請不要**遲疑**，儘管與我們聯絡。

hesitance [`hɛzətəns] n. 遲疑

6. 隨時為您效勞！

service [`sɜvɪs] *n. v.* 服務、效勞

例 Please let me know if you need any further assistance. We are always at your **service**.

請告訴我是否您有需要其他協助，我們隨時都會為您提供**服務**。

serve [sɜv] v. 服務、適合、供…使用

serving n. 服務、（食物、飲料等）一份

of service 有幫助、有好處

out of service 停用

32

7. 隨時聽候差遣

remain [rɪ`men] *v.* 保持、仍是

例 We will **remain** at your disposal for any further information.

我們**隨時準備著**為您服務,為您提供更多的資訊。

remainder [rɪ`mendɚ] n. 剩餘部分

8. 期待您的訂單

forward [`fɔrwɚd] ad*v.* 向前、今後;*v.* 轉寄、轉交

例 Feel free to contact me if you have any questions or would like a formal quotation. We **look forward to** your order soon.

若您有任何問題或是想要正式的報價單,還請儘管與我聯絡,我們**期待盡快收到您的訂單。**

from the day forward 從那天起

no further forward 沒有進展

forwarding address 轉寄地址

9. 如能收到回音,自當十分感激

appreciate [ə`priʃɪ,et] *v.* 感激、欣賞、體會、增值

例 Your feedback regarding the attached quote would be greatly **appreciated**.

若能收到您對所附報價的回音,我們將會極為**感激。**

appreciation [ə,priʃɪ`eʃən] n.

in appreciation (of) 感謝

I would appreciate it if⋯ 我將不勝感激

1-5

沒現貨，得等等

國貿主題介紹

　　當買方找到合適的產品，價格也合意，心中開始醞釀著歡慶成交的情緒時，最讓人扼腕的就是「沒現貨」這種情況了！買方下了單想要拿貨，廠商卻沒有庫存（stock、inventory）可供，或仍有現貨，但買方要的量大，存貨量無法滿足（satisfy）所需，或者是除了（except）某些產品之外，其餘所訂品項都有貨，有可能需要分批出貨，或是要等缺貨品項的新批次生產、釋出（release）之後，再整單出貨……這些狀況都使得廠商無法快快履行訂單義務，都得要在一段時間範圍（timeframe）之後才能完成接單、出貨、收款的大業！對於這類無現貨可供的遺憾狀態，其中最好的狀況就是光明的未來其實並不遠，僅僅是目前（currently）沒現貨，暫時（temporarily）沒得供貨，不是不供，只是時候未到，一切的困境都可快快解決！但是，世事豈能總是事事順遂到使人沒有磨練的機會呢？是啊！有時廠商的遺憾就是得令人遺憾得久一些，不只是暫時沒現貨，而是可供貨日期也還沒能定出（determine），一切都還未知，只能抱持著期待，希望未知快快轉為已知，希望已知的彼時就在不遠的前方啊！

1. 沒現貨，敬請期待新批

stock [stɑk] *n.* 存貨、股票、家畜；*v.* 庫存

例 The inquired Item # 608 is out of **stock**, and a new batch will be released in June.

所詢產品 # 608 沒**現貨**，新批將可在六月推出。

in stock 有現貨

on the stocks 進行中、生產中

take stock (of) 盤點、評估、判斷

2. 存貨不足，請問還有無其他需要

inventory [`ɪnvən,torɪ] *n.* 存貨、存貨清單；*v.* 盤點

例 We're sorry that our **inventory** is insufficient to fulfill your demand. If there is anything else we can assist you with please let us know.

抱歉，我們的**存貨**不足以供您所需，若有任何我們可幫得上忙的地方，還請告知。

3. 現貨量無法滿足所需，新批生產中

satisfy [`sætɪs,faɪ] *v.* 滿意、符合、達到（要求、標準等）

例 Unfortunately, at this time we don't have enough inventory to **satisfy** all your demand. We are waiting for our latest lot to finish production.

很遺憾目前我們沒有足夠的現貨**滿足**您所需，正在等最新批次生產出

來。

satisfaction [ˌsætɪsˈfækʃən] n. 滿足、樂事

customer satisfaction 客戶滿意度

4. 所訂品項中有部分無現貨可供

except [ɪkˈsɛpt] prep. conj. 除了

例 Thank you for your inquiry. All items are in stock **except** the two items highlighted in the attached sheet.

謝謝您的詢問，**除了**附件中標出的兩項沒現貨之外，其餘所有品項都有現貨。

5. 告知缺貨品項何時可有貨

release [rɪˈlis] n. & v. 放出、釋放、發行

例 The product is currently on back order and is estimated to be **released** in 2-3 weeks.

此產品目前沒現貨，估計 2-3 個星期後可**釋出**供貨。

authorizing release（通關）放行

6. 告知缺貨的等待時間，問客戶可接受否？

timeframe [ˈtaɪmˌfrem] 時間範圍、一段時間

例 The product is currently out of stock and has a 2 week lead time. Is your customer okay with the **timeframe**? Please let me know at your earliest convenience.

此產品目前沒現貨，接單後 2 個星期可供，您客戶對此**時間**可接受嗎？還請您方便時盡快告訴我。

7. 目前無法供貨，但供貨日可期待

currently [ˋkɝəntlɪ] 目前

例 Product # 304 is **currently** on back order and is expected to be available next month.

產品# 304 目前沒現貨，預期下個月可供貨。

8. 暫時無法供貨，得查詢新批生產計畫

temporarily [ˋtɛmpəˏrɛrəlɪ] *adv.* 暫時地、臨時地

例 The product is **temporarily** out of stock. I'll check with the team to see when the next batch will be available. I'll get back to you shortly.

此產品**暫時**沒貨，我會跟我們的生產部門查查下個批次何時可供，很快就可給您回覆。

temporary [ˋtɛmpəˏrɛrɪ] adj.

9. 無現貨，也不知何時可有貨

determine [dɪˋtɝmɪn] *v.* 決定、判決、確定

例 Unfortunately, the item is out of stock and its ETA is yet to be **determined**.

很遺憾此品項沒現貨，而可供貨日期也還沒**定出**。

determination [dɪˏtɝməˋneʃən] n.

determined [dɪˋtɝmɪnd] adj. 已決定了的、堅定的

TBD: To Be Determined 待決

1-6 所詢品項已停產或無法供貨，建議改用其他產品

國貿主題介紹

有時客戶先前已有用過某產品，後來又有需要，但在原廠的網站上找不著，此時客戶就會發發 e-mail 來問問原廠，想要知道網站上沒找著的原因何在，問一下現在還有沒有得供貨。而這些網站上找不著的產品，多半是已停產（**discontinue**）了、自產品表中移除（**remove**）了，或是在生產上有發生技術問題等狀況，暫時停止供貨了。此時，廠商對於遺憾地（**unfortunately**）沒能提供客戶所需、對造成客戶不便（**inconvenience**）的情況，會説聲抱歉，説明一下狀況。但是，產品停產了，目前暫時無法供貨，就只能一翻兩瞪眼，再無機會讓廠商來為客戶服務嗎？當然不是！殷切的廠商會要接著為客戶好好推薦（**recommend**）或建議（**suggest**）一下其他的替代品項（**alternative**、**replacement**、**substitute**）（您瞧瞧，這「替代品項」的詞兒還可真有好幾個，充分表現其可相互替代的本質呢），為客戶送上替代品項的產品資料，讓客戶看一看是否能夠符合其需求，看看是否還能讓廠商有進一步服務的可能性，是否仍能談成交易，讓客戶成功下單！

1. 停產，無替代品

discontinue [,dɪskən`tɪnju] *v.* 停產、中止

例 Please be advised your requested products are **discontinued**. I am sorry but we do not have any alternatives available.

在此通知您，您所要求的產品**已經停產了**，抱歉，而目前我們亦無任何替代品項可提供。

discontinuation [,dɪskən,tɪnjʊ`eʃən] n.

discontinuance [,dɪskən`tɪnjʊəns] n.

2. 所詢產品已自產品表中移除，有替代品項可供

remove [rɪ`muv] *v.* 消除、移動、脫掉

例 Item # 608 is **removed** from our product list. The substitution to the old module is # 304 which features are shown as follows.

品項# 608 已自我們的產品表中**移除**了，但我們有#304 此替代品項可供，其產品特色如下所列。

removal [rɪ`muv!] n.

3. 遺憾無法供貨，請考慮替代品項

unfortunately [ʌn`fɔrtʃənɪtlɪ] adv. 不幸地、遺憾地、可惜

例 **Unfortunately**, the product is not available at the moment because of production problems. Please consider the following alternatives.

很遺憾地，該產品因生產問題，目前無法供貨，請考慮如下所列的替代品項。

4. 抱歉造成您的不便，請參考替代品項

inconvenience [ˌɪnkən`vinjəns] *n.v.* 不便、麻煩

例 As your inquired product is discontinued, it is not posted on our website. We apologize for any **inconvenience** this may cause. Please see its substitute below which might suit your needs as well.

因您所詢問的產品已停產，所以並沒有貼在我們的網站上，若有造成您任何的**不便**，還請見諒。請見其替代品項如下，或許也能合您所需。

inconvenient [kən`vinjənt] adj.

5. 暫時無法供貨，改推薦替代品項

recommend [ˌrɛkə`mɛnd] *v.* 推薦、介紹、建議

例 The product will not be available within 20 working days and I would like to **recommend** an alternative for you to consider.

這項產品在 20 個工作天內都還無法供貨，我想要**推薦**個替代品項，供您參考一下。

recommendation [ˌrɛkəmɛn`deʃən] n.

6. 所詢產品等品管結果，建議考慮替代品項

suggest [sə`dʒɛst] *v.* 建議、提議、暗示、使人想起

例 Since the item is subject to QC tests, which it might pass or might not pass, we would **suggest** you take a look at the following product as an alternative.

因為此產品得看品管檢測的結果為何，有可能通過，也有可能不過，所以我們**建議**您看看如下這項可做替代的產品。

7. 無現貨，有替代品項可供

alternative [ɔl`tɝnətɪv] *n.* 供替代的選擇；*adj.* 供替代的

The requested item is currently unavailable. However we do offer an **alternative** that may be of interest to you.

所要求的品項目前無現貨可供，但我們倒是有個**替代品項**，您可能會有興趣。

alternation [,ɔltɚ`neʃən] n. 交替

8. 停產，有替代品項，請參考說明書

replacement [rɪ`plesmənt] *n.* 代替、代替物

例 We no longer carry Cat # 608 and its **replacement** kit is Cat # 304. Please access the link below for its data sheet.

我們已不再供應型號 608 的產品了，其**替代**產品組為型號 304，請進入如下連結看其說明書。

replace [rɪ`ples] v. 取代、放回

9. 已不再供貨，接受替代品項否？

substitute [substitute] *n.* 替代品、替補者；*v.* 替代；*adj.*代替的

例 Item # 608 is no longer available. But we do have a **substitute**, Item # 304, and its price will be the same. Please let me know if the replacement kit is acceptable to you.

產品# 608 已不再供貨了，但我們有#304 此**替代品項**可供，價格一樣。還請告知是否您可接受改用此替代品項。

已有合作的代理商，
請直接找代理商詢價

國貿主題介紹

　　經銷商或代理商想要為客戶覓得貨源、為自己拓展事業的全球版圖時，就會發出詢問信，跟廠商探探合作的可能性，若可成，一樁美事就成了！但是，有時候這樣的美事的確發生了，但卻是早早就發生在別人家呢！所以囉！廠商在已有合作經銷商的狀態下，回覆的內容正來反去就都不出下列這幾點囉：

　　謝謝您，但您遲到了：我們在您的國家已由其他經銷商或代理商（representative）所代理（represent）了！

　　請找代理商聊聊：請您與在地經銷商或代理商聯絡聯絡（contact），聯繫資料在此，讓您查看時圖個便利（convenience），另外我們也將我們的通信聯繫（correspondence）訊息轉給代理商，請他們接續處理。

　　誇誇經銷商或代理商的功能與能力：您可透過經銷商或代理商取得（obtain）我們的產品，他們可提供您所要的報價與其他資訊、滿足（fulfill）您的需求、配合（accommodate）您的要求，還可為您提供卓越（excellent）的服務！

1. 您的詢問信已轉在地代理商處理了

representative [rɛprɪˋzɛntətɪv] *adj.* 代理的、代表的；n. 代表（人）

例 Thanks for your interest in our products. I have forwarded your request to our local **representative** who will contact you very soon.

謝謝您對我們的產品有興趣，我已將您的要求轉給我們在地的**代理商**，他們很快就會跟您聯絡。

2. 已有代理商，請將您的需求通通告訴代理商，讓他們協助您

represent [ˌrɛprɪˋzɛnt] *v.* 代理、代表、表示、象徵、具體呈現

例 We are **represented** in Taiwan by the following distributor. They will be glad to assist locally and will provide you with a quotation for our products.

我們在台灣是由下列經銷商所**代理**，他們將會很樂意在當地協助您，提供給您我們產品的報價。

3. 已有代理商，請直接聯絡

contact [ˋkɑntækt] *n.* 聯繫、接觸；[kənˋtækt] *v.*

例 Thank you for your interest in our products. You can contact our distributor in Taiwan. Here is their **contact** information.

謝謝您對我們的產品有興趣，您可與我們在台灣的經銷商聯絡，其聯絡訊息在此。

4. 送上經銷商的聯絡資訊，便利您參考

convenience [kən`vinjəns] *n.* 方便、便利

例 We have a few distributors in your area, and they will be able to give you the information you requested. I have referenced the distributors and their contact information below for your **convenience**.

我們在您所在區域有幾家經銷商，他們可提供您所要的資訊，我將這幾家經銷商及其聯絡資訊貼出如下，**方便**您參考。

5. 廠商將與詢價客戶的往來通信轉給經銷商處理

correspondence [ˌkɔrə`spɑndəns] *n.* 通信聯繫、信件、一致

例 Please see my **correspondence** with the customer below and follow up with their quote request as soon as possible.

請見我與客戶的**通信聯繫**訊息如下，請您盡快接續處理，提供他們所需的報價。

6. 廠商請客戶與在地的經銷商聯絡

obtain [əb`ten] 獲得、得到、存在

例 Thank you for your inquiry for PAC product. Customers in Taiwan may **obtain** our products through our distributor listed below. They will be happy to assist you with a quotation.

謝謝您來信詢問 PAC 產品，在台灣的客戶可透過我們的下列的經銷商**取得**我們的產品，他們將會樂意予您協助，提供報價給您。

7. 廠商告知客戶經銷商的聯絡訊息，同時也發送副本給經銷商

fulfill I [fʊlˋfɪl] *v.* 執行、履行、實現、達到、滿足、使完整

例 We currently have an exclusive distributor for your country who will be able to **fulfill** your request and they are copied onto this email as well.

目前我們在您國家有獨佔代理商，他們可以滿足您的要求，我這封 email 也有副本傳送給他們了。

8. 廠商將收到的在地詢問信轉經銷商，提供經銷商價格資訊

accommodate [əˋkɑmə,det] *v.* 配合、通融

例 We received the following inquiry from a customer in Taiwan. Attached is our quotation to your company. Please let me know if you need any support from us in order to **accommodate** the customer's request.

我們收到一封台灣發來的詢問信如下，在此附上我們給您們公司的報價，若您有需要我們的任何協助以**配合**客戶的要求，就請告訴我。

9. 請客戶與經銷商聯絡，他們將為您提供優質服務

excellent [ˋɛks!ənt] *adj.* 極好的、優秀的、卓越的

例 Please contact our distributor for any enquiries regarding our products. They'll look forward to hearing from you and will provide **excellent** service for all your needs.

若您要詢問關於我們產品的任何事，請與我們的經銷商聯絡，他們將會期待收到您的消息，也會就您所需提供卓越的服務。

1-8 會轉相關人員 為您接續處理

　　經銷商與客戶所發詢問 email 給廠商時，所詢問的收信對象，除了第一次接觸時只能發給廠商網站上所列的客服部門之外，大多都是發送給平時聯絡的窗口，但交易所涉及範圍之廣，常會有機會讓您收到對方回說該事非其負責，所以須轉相關人員處理，這個時候，您就會學到好些職位、職務的名稱，我們這就來兩口氣看看說這事時常會牽涉到的單字囉！

　　一、轉呈處理

　　客服專員已將您所提的疑問（query）事項轉交、交付（refer）給相關人員了，也已發送了副本（cc）。

　　二、相關人員何許人也

　　所詢事項會轉由我的同事（colleague）來協助您，會由專員（Coordinator、Specialist）為您服務，帳務部分的問題則會轉給我們的財務（Finance）部門，必要時，我們會上呈

　　總監（director）等主管階層，由其下達指令，指揮相關員工（staff）來配合，齊力解決問題！

 這樣翻

1. Email 已有副本發送給行銷經理，協助處理促銷事務

query [ˋkwɪrɪ] *n.* 詢問、疑問；*v.* 詢問、對…表示懷疑

例 Ann Chen, cc'd on this e-mail, is the manager of our Marketing Department and will assist you with any **queries** about promotion.

此 e-mail 有副本發送給陳安，她是我們行銷部門的經理，將會協助您有關促銷的任何**疑問**。

2. 負責人員已收到轉來的詢問事項，欲詳談新提要求

refer [rɪˋfɝ] *v.* 提交、交付、使求助於

例 Our Customer Service Specialist **referred** your inquiry to me. I would like to discuss in details this new requirement with you.

我們的客服專員將您詢問的問題**轉交**給我，我想要跟您詳細討論一下這項新的要求。

reference [ˋrɛfərəns] v. 提及；n. 參考、參考文獻

3. 發送副本給技術經理，說明停產原因

CC 縮 carbon copy 副本

例 I have **cc'ed** Hank, our Technical Manager, should you need further information to why this product was discontinued.

若您需要此產品為何停產的進一步資訊，我已有**副本發送**給我們的技術經理漢克了。

bcc 縮 blind carbon copy 副本密送

4. 轉給產品負責人員處理

colleague [ˋkɑlig] *n.* 同事

例 Nice to hear from you. My **colleague**, Hank, who's specifically in charge of PYC products will help you with this inquiry.

很高興聽到您的消息，我的**同事**，漢克，是專門負責 PYC 產品的人員，可就您此詢問提供協助。

5. 介紹自己為接手行銷事務的負責人員

coordinator [koˋɔrdn͵etɚ] *n.* 專員、協調人

例 Thanks for your message. I recently joined the team as your new marketing coordinator for these types of marketing inquires.

謝謝您所來的訊息，我最近加入了這個團隊，是負責處理您行銷問題的新行銷**專員**。

6. 已將客戶要求轉給技術專員處理

specialist [ˋspɛʃəlɪst] *n.* 專員、專家、專科醫生

例 I've forwarded your request to our technical **specialists**. They're working on it and will get back to you as soon as possible.

我已將您的要求轉給我們的技術**專員**了，他們正在處理，會盡快跟您聯絡。

7. 已要求財務部門開立貸項通知單

finance [faɪ`næns] *n.* 財務、金融、財政;*v.* 籌措資金、融資

> 例 We will request a credit memo to our **Finance** Department for price discrepancy. Please let us know if there is anything else we can assist you with.

我們會跟我們的**財務**部門要求此價差的貸項通知單,若有其他我們能協助的地方,還請告知。

8. 已發送副本給業務發展總監,建議來電詳談

director [də`rɛktə] *n.* 主管、總監、主任、局長、董事

> 例 I have copied Ann Chen, our **Director** of Sales Development, and we would suggest to have a call to talk in better detail about your requirements.

我已有副本發送給我們的業務發展**總監**,陳安,建議您來電詳細討論您的需求。

9. 會與業務人員協調,以調整適用精選項目的額外折扣

staff [stæf] *n.* (全體)職員、幕僚

> 例 Hank referred your request to me. I will coordinate with our sales **staff** to enter this additional discount for the selected items from Sep. 1st – Oct. 31st, 2017.

漢克將您的要求轉給了我,我會跟我們的業務**人員**協調一下,讓這些精選品項能在 2017 年 9 月 1 日－10 月 31 日期間裡適用額外折扣。

1-9 價格不夠漂亮，啟動議價模式

國貿主題介紹

　　當買方覺得所報價格有「商議」的需要時，除了純粹想殺殺價這樣的一片赤誠之外，大多有內在或外在的理由，使得買方需要跟賣方曉以大義一番！內在理由會是像預算（budget）有限，除非報以特價，要不然就無法成交，或者是買方有計畫一次買多，下個量大（bulk）的訂單，以數量的強勢來爭取價格上的優勢；若是買方這次在訂購量上並不足以談到多好的價格，但實在又很想要比照遙想當年那量大所享的美好價格，這時就該動之以情了，説説自己實在是個忠實（loyal）的客戶，先前已買了許多量，希望廠商這次在價格上能比照辦理、一樣支持！

　　那外在的理由有哪些呢？説穿了，就是競爭啊！經銷商常常需要跟原廠分析市場的競爭態勢，希望原廠能夠同樣地感受到那種被競爭者逼上門來的迫切性，若以正常價格來報給客戶，就很難（difficult）與人競爭（compete），得要廠商降價，報以具有十足競爭力的（competitive）優惠（favorable）價格，才能求勝，才能維護雙方的共同（mutual）利益，共創雙贏的局面（situation)！

1. 超出預算，懇請降價

budget [ˋbʌdʒɪt] *n.* 預算；*v.* 編列預算；*adj.* 低廉的

例 We've received your quotation, but it is rather high and our **budget** does not allow for it. Please support by giving us a special discount.

我們已收到您的報價了，但價格太高，超出了我們的**預算**，還請您支持，給我們個特別折扣。

a tight budget 預算緊、over budget 超出預算、budget airline 廉價航空

2. 將來會有大訂單，這次請特別支持，給予特價

bulk [bʌlk] *adj.* 大量的、大批的、散裝的；*n.* 體積、容積、大塊

例 Please consider to offer a better price to us for our initial order of 3 kits. If satisfied with the quality, we'll then place a **bulk** order.

對於我們這次 3 組的首次訂單，請考慮看看能否給我們個更好的價格，若我們對品質很滿意，我們下一份**量大的**訂單。

bulk discount 量大折扣、bulk buying/purchase 量大採購

3. 忠實客戶，請給予特別折扣，以符合預算

loyal [ˋlɔɪəl] 忠誠的、忠心的

例 We've been a **loyal** user to your products and hope you could offer us a special discount of 30% so as to meet our budget.

我們一直是您產品的**忠實**用戶，希望您可提供 **30%**的特別折扣，這樣才能符合我們的預算。

loyalty [`lɔɪəltɪ] n.：brand loyalty 品牌忠誠度

4. 價格不夠有競爭力，請支持，報來最好的價格

difficult [`dɪfəˌkəlt] *adj.* 困難的

例 We've received your quote but, at this price level, it is rather **difficult** to compete in the market. Please assist by offering your best price.

我們已收到您的報價了，但此價格在市場上**難**與人競爭，還請您協助，報給我們您最好的價格。

5. 競爭者報價低，請協助，給予更大折扣

compete [kəm`pit] *v.* 競爭、對抗、比得上

例 It seems that the competitor has the product for a lower price, so we should be unable to **compete** with existing pricing. To win this order, we need your support by offering a larger discount.

競爭者報的價格似乎比較低，這樣我們應是無法以現在的價格與其**競爭**，為了贏得訂單，我們需要您的協助，給我們更大的折扣。

6. 為贏得競爭，破例給額外折扣

competitive [kəm`pɛtətɪv] *adj.* 競爭的、具競爭力的

例 Please note that typically this quantity would not qualify for an additional discount. We are making an exception to provide **competitive** pricing to help you win the competition.

請注意，一般來說這個量並不符合給予額外折扣，我們例外提供給您**具競爭力的**價格，協助您贏得競爭。

7. 為贏得標案，請給予最優惠的價格

favorable [`fevərəb!] *adj.* 贊成的、優惠的、有利的

例 Please support by offering us the most **favorable** price so that we'll be in a better position to win the tender.

請您支持，報給我們一個最**優惠的**價格，讓我們能更有機會贏得標案。

favor [`fevə] n. 幫助、贊成；*v.* 支持、有利於

8. 為了贏得新客戶，為了共同利益，請支持

mutual [`mjutʃʊəl] *adj.* 共同的、相互的

例 For the customer's initial purchase, we hope you could offer your support to help us secure this new business for our **mutual benefit**.

對於此客戶的首次採購，我們希望您能夠提供支援，為我們的**共同**利益，幫助我們拿下這筆新的生意。

9. 請報有競爭力的價格，以贏得有潛力的客戶，共創雙贏

situation [ˌsɪtʃʊˈeʃən] *n.* 情況、局面

例 Please offer a competitive price for us to win this project. We look forward to your most support so as to lead us to a win-win **situation**!

請報給我們一個具競爭力的價格，讓我們能夠贏得這個案子，期望能有您最大的支持，帶領我們共創雙贏的**局面**。

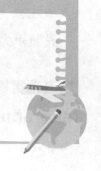

1-10 破格調降價格，或坦然說明不降原因

　　對廠商來說，在面對經銷商或客戶的議價要求時，一樣也分有針對內部條件與外部情勢兩種不同的處理！所謂的內部條件，就是若要求降價，那就請調高購買量！量大自然有議價空間，廠商自然就較願意配合降價。那外部情勢是什麼呢？一樣還是競爭！廠商若願意與經銷商站在同一陣線，抵禦外伍，那麼就可能破格降價，說明這次是特別支援前線，例外（exception）處理，願意給予額外（extra）折扣。有的廠商在降價的同時，通常會帶個聲明，要求經銷商也要調降利潤（profit）或利潤率（margin），有同甘也要共苦，以贏得訂單為共同目標！　若是廠商無法調降價格，就會著墨說明其公司價格政策，說明僅能適用平常的（usual）經銷商價格、正常的（regular）經銷商折扣，或是通常（normally）只在訂單量大時才能給予額外折扣。當有數量優勢時，經銷商當然會要努力議個比經銷商價格更優惠的價格，但若是廠商真的無法降價，就會坦然告知無法在原有的經銷商折扣之外，再合併（combine）使用數量折扣，或是所給的經銷商價格已是最低（rock-bottom）價，再無可議價空間了啊！

94這樣翻

1. 廠商破例降價，請經銷商也降低利潤

exception [ɪk`sɛpʃən] *n.* 例外

> 例 This order will not normally qualify for a 50% discount. We are making an **exception** and hope that you decrease the margin as we are doing.

此訂單通常是沒能給 **50%**的折扣，我們這次**例外**處理，希望您也能像我們一樣將利潤降低。

be no exception 不例外

with the exception of 除……之外

2. 量大即可享額外折扣

extra [`ɛkstrə] *adj.* ad*v.* 額外的（地）；*n.* 附加費用

> 例 We can offer you an **extra** discount on the single order of 10 kits. Attached is our new quotation.

若一次下單 10 組的話，我們可提供給您**額外**折扣，在此附上新的報價單。

3. 給予大折扣以利競爭，請經銷商也降低利潤

profit [`prɑfɪt] *n.* 利潤

> 例 In order to be more competitive, we are offering you a larger discount. Please note that when we issue larger discounts we expect you to mutually reduce the **profit** margin to win the customers.

為了能更具競爭力，我們這次提供給您一個大的折扣，請注意當我們

給予大折扣時，我們希望您也能一起共同調降**獲利**率，以能贏得客戶。

a non-profit organization (NPO) 非營利組織

4. 成本高，折扣可多給些，請經銷商也調降利潤

margin [`mɑrdʒɪn] *n.* 利潤、利潤率

例 The cost of production is quite high, so we can offer you only a small additional discount. We expect that you will reduce your **margin** as well, in order to obtain the order.

因為生產成本很高，所以我們只能給您少許的額外折扣，希望您也同時調降**利潤**，以拿下訂單。

marginal [`mɑrdʒɪn!] *adj.* 邊際的

gross margin 毛利率

marginal cost 邊際成本

5. 無額外折扣可供，請依經銷商價格為準

usual [`juʒʊəl] 平常的、通常的

例 We are not able to offer you an additional discount on an order for the product. Your **usual** distributor pricing would apply.

對於此產品的訂單，我們無法報給您額外的折扣，僅可適用您**平常的**經銷商價格。

6. 一般不多給折扣，但量多則折扣可給多

regular [`rɛgjələ] *adj.* 固定的；正常的

例 We generally do not offer additional discount besides the **regular** distributor discount. However, if your customer is willing to buy 2 kits, we can offer the discount of 30% off list price.

一般來說我們是不在**正常的**經銷商折扣之外再給額外的折扣，但是若您的客戶願意買 2 組，那我們可提供定價算下來的 30%為折扣。

7. 通常大單才有折扣，無法多給

normally [`nɔrmḷɪ] *adv.* 通常、正常地

> 例 We **normally** offer discounts only for bulk orders. In addition, the inquired product has a low production yield. So it's almost impossible for us to offer you the discount of 30%.

我們**通常**只對大訂單給予折扣，而且，這項所詢產品的生產效益低，因此我們幾乎不太可能給您 30%的折扣。

8. 無法併用多項折扣，經銷商價格已是最低價

combine [kəm`baɪn] *v.* 結合、聯合

> 例 We are not able to **combine** distributor pricing and quantity discount. Moreover, the distributor pricing that we have for the product is the lowest pricing that we can offer.

我們無法將經銷商價格與數量折扣**合併**，再者，經銷商價格已是我們對此產品所能給的最低價格了。

combination [ˌkambə`neʃən] n.

8. 報價已是最低價，要再低的話只能經銷商自行降價給客戶了

rock-bottom [`rak,batəm] *adj* 最低的

> 例 The quote is already our **rock-bottom** price. Further discount for your customer must be borne by your side.

此報價已是我們的**最低**價了，要給您客戶更多折扣的話，就得由您這邊來負擔了。

1-11

給予特殊折扣與協助

廠商蒐集了經銷商反映的競爭情勢與客戶預算限制後,會再計量成本、利潤、客戶購買潛力此等關鍵資訊,若可行(**feasible**),若還有近利或遠利可期待,那麼廠商就會願意給出多一些的折扣,或施些助力來協助成交。

在折扣上,量大價低是天經地義的道理,所以,若購買數量能增加到一定的水準,廠商就肯送出數量(**volume**)折扣,答應給予(**grant**、**extend**)額外的折扣。當對象是經銷商時,廠商也會說明一下此特殊折扣是替代(**in lieu of**、**instead of**)一般經銷商折扣,僅這次適用,是為了協助拿下(**secure**)訂單的特例處理…不過,雖然廠商已清楚說明此為下不為例的特例,但是啊!市場競爭老是在,還可能更為火熱,客戶預算也常會限縮,所以享受過的特殊折扣就是美好的往昔,怎能壓抑不再提?當買方有這樣的想望時,就會殷殷請求廠商再次相挺,看能否同意允許(**honor**)沿用舊價!

除了價格支援之外,有時廠商也會提供其他的協助,例如送出免費樣品,或就請客戶告知有何特定(**specific**)需求,若廠商也能配合得了,那訂單就可期囉!

1. 請告知預算，若可行則可給予特別折扣

feasible [ˋfizəb!] *adj.* 可行的、可能的、合理的、合適的

例 I hope you would feel comfortable sharing me your budget range or the amount you're willing to pay for this item. I will check whether we could offer you a special discount if **feasible**.

希望您不介意告知您的預算範圍或是您願意支付此品項的金額，我會查查看若**可行**的話，是否我們能提供個特別折扣給您。

2. 一次訂足量，可給數量折扣

volume [ˋvaljəm] *n.* （生產、交易等）量、額、體積、容積、冊

例 We can offer to you the **volume discount** if you are ordering at least 5 kits at a time.

若您一次訂 5 組以上，我們就可提供**數量**折扣給您。

3. 告知經銷商正常移轉價格，若量多，則折扣可高

grant [grænt] *v.* 給予、准許、同意；*n.* 資助；撥款；補助金

例 Your normal transfer price would be EUR 304/Kit. For an order of 7 kits we will **grant** you a further discount of 15%.

給您的一般移轉價格為每組 304 歐元，若是下單訂購 7 組，則我們可再多**給**您 15%的折扣。

take it for granted (that) 理所當然地認為

4. 因成本漲，所給的數量折扣已是最大折扣

extend [ɪk`stɛnd] *v.* 延長、延伸、給予、提供

> 例 We can offer you a 25% off list price discount for 10 kits. The cost for raw materials in this kit has gone up dramatically, so this is the lowest pricing we can **extend**. Please let me know if you need a quote.

若購買十組，我們可提供給您定價 25%的折扣，因為此產品的原料成本大漲，所以這已是我們能**給**的最低價了。

延伸保固 extended warranty

5. 特例給予一次性折扣，取代經銷商折扣

lieu [lu] *n.* 場所

> 例 Attached is the requested quote for a 50% one-time discount, **in lieu of** your typical distributor discount.

在此附上您所要求的報價單，有提供了 50%的一次性折扣，**取代**您平常的經銷商折扣。

6. 量多給予低價，取代原價，節省成本

instead [ɪn`stɛd] *adv.* 代替、反而、卻

> 例 By ordering five kits of this same catalog number, each kit goes for EUR 1.500,00, **instead** of EUR 1.750,00.

訂購五組同型號產品的話，每一組的價格即為 1,500.00 歐元，**而不是** 1,750.00 歐元的原價。

instead of 並不；代替

7. 免費提供樣品，以助取得訂單，進入市場

secure [sɪ`kjʊr] *v.* 保證、獲得；*adj.* 安全的、有把握的、穩當的

例 We could offer free samples for you to **secure** the order and successfully penetrate the market.

我們可提供免費樣品，讓您可拿下此訂單，成功地進入市場。

8. 為表善意，答允沿用舊價

honor [`ɑnɚ] *v.* 允准、承兌、實踐；*n.* 榮譽、光榮的事或人

例 We agree to **honor** the old pricing as a kind gesture to your company.

為表示對您公司的善意，我們同意**允許**沿用舊價。

9. 免費提供樣品供試用，詢問特定需求

specific [spɪ`sɪfɪk] *adj.* 特定的

例 We are willing to offer a limited number of free sample kits to your key customers for evaluation. Please contact us with your **specific** needs.

我們願意提供有限數量的免費樣品組，供您的重要客戶來評估，請跟我們聯絡，告知您的**特定**需求。

1-12
促銷的好康與條件

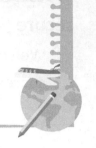

國貿主題介紹

　　當廠商或經銷商要參展時，就常會有配套的促銷（**promotion**）好康，或者是搭特殊節日的順風車，來加碼放送給折扣，再不然就是銷售表現疲弱時，要來劑強心針、來個誘因，激起客戶的購買慾望，好能快快送出口袋的訂單，好好提振一下銷售實績！

　　廠商在發送促銷活動（**campaign**）的通知（**notice**）時，除了通通有獎、所有產品都合用的狀況之外，就得好好說明一下促銷活動要媒合的產品為何，限制（**limit**）了什麼，究竟是哪些被挑選出、精選的（**selected**）產品有幸投身促銷志業，得以適用（**apply**）促銷折扣。說完產品，就要說說跟時間有關的事了，促銷何時開始，何時優惠方屬有效（**effective**），是否同時還有其他促銷活動正在進行中（**ongoing**）。最後，就要談談作法，看該怎麼做才能將優惠的折扣代碼或優惠券（**coupon**）代碼用上，有的是下單當下就可馬上扣抵，有的則是下次購買時才能來折抵，雖說是得等著，無法暢快淋漓地立馬享受，但我們總得要正面思考…就把之後才能折抵的方式，當成是為了讓這份獲得優惠的喜悅，留存得久一些的方法吧！

這樣翻

1. 適逢佳節，送出額外折扣，以利促銷

promotion [prə`moʃən] *n.* 促銷

例 We would like to partner with you on offering an additional 5% discount to your customers for the holiday season to help with sales **promotions**.

我們想要與您合作，在此假期季節提供額外 5％的折扣給您們的客戶，以助銷售**促銷**。

promo code 促銷代碼
promotional items / gifts 促銷禮品

2. 通知促銷產品類別、期間與可享折扣

campaign [kæm`pen] *n.* 活動

例 We are currently running a promotional **campaign** regarding all of the kit products and until the end of this year you will have a 15% discount off on each product you order within this category.

我們現正推出針對所有套組產品的促銷**活動**，一直到今年底，您所訂購此類產品的每一項都可獲得 15％的折扣。

3. 預先通知促銷好康，有下單即送免費樣品

notice [`notɪs] *n.* 通知、公告

例 I am pleased to give you advance **notice** that effective 6th June 2017, for each order of PYC product, we will supply one 5mg vial free sample.

很高興要來給您個預告**通知**，自 2017 年 6 月 6 日起，每一筆 PYC 產品的訂單，我們都會提供一瓶 5mg 的免費樣品。

notify [`notə,faɪ] v. 通知

notification [,notəfə`keʃən] n. 通知、通告

4. 促銷活動僅限部分產品

limit [`lɪmɪt] *v. n.* 限制

例 The promotion campaign will be **limited** to certain products.

這一項促銷活動將會**限制**為某些產品才能適用。

limitation [,lɪmə`teʃən] n.

5. 精選產品才有促銷折扣，不得併用其他優惠

selected [sə`lɛktɪd] *adj.* 精選的、挑選出來的

例 Please note that promotional discounts are available on **selected products** only and cannot be used in conjunction with any other offers or discounts.

折扣僅適用於**精選**產品，且不能與其他報價或折扣併用。

Cargo Selectivity System（海關電腦）貨物篩選系統

6. 通知促銷折扣的適用期間

apply [ə`plaɪ] *v.* 應用、使適用

例 The promotional discount will **apply** to all qualifying orders placed between Oct. 3rd – Dec. 22nd, 2017.

在 2017 年 10 月 3 日－12 月 22 日期間內所有合乎條件的訂單，都可**適用**此促銷折扣。

application [,æplə`keʃən] n. 申請、用途、應用軟體（APP）

7. 通知促銷活動的有效期間，提供型錄助促銷

effective [ɪ`fɛktɪv] *adj.* 生效的

例 The **effective** dates for our newly announced promotion are 11/17/17 - 12/23/17. Our web pages have many flyers to help with marketing.

我們新公告之促銷活動的**效期**為 11/17/17－ 12/23/17，我們的網頁裡有許多行銷可用的型錄。

effect [ɪ`fɛkt] n. 效力

8. 告知目前進行中的促銷活動，價最低者可享促銷折扣

ongoing [`ɑn͵goɪŋ] 進行的、持續的

例 I would like to inform you of an ongoing promotion for kit products of 50% discount for the lowest price when three of these products are ordered together.

我要來通知您，有一個針對套組產品的促銷活動現正**進行中**，若您一次購買三項這類產品時，價格最低者可享有 50%的折扣。

9. 請客戶回饋使用狀況，即可獲得折扣優待券，供下次使用

coupon [`kupɑn] *n.* 減價優待券

例 If you could give us your feedback on the product you used, you will be provided with a one-time use **coupon** code for 20% off your next purchase of the same product.

若您對所使用的產品給予我們回饋的話，您將可獲得一張可使用一次的**優惠券**代碼，可在您下次購買相同產品時享有 20%的折扣。

PART 2
交易成交篇

買方終於決定下單、賣方終於要拿到訂單，前期投入的一切努力終有回報，豈不美哉？

　　為了要持續這般美事的好心情，買賣雙方可要徹底地就交貨情形、出貨要求、付款條件與方式都說個清楚，讓雙方在資訊完全對稱且條件皆可接受的狀態下，按部就班，逐步完成下單、出貨與付款這些交易的重要環節！

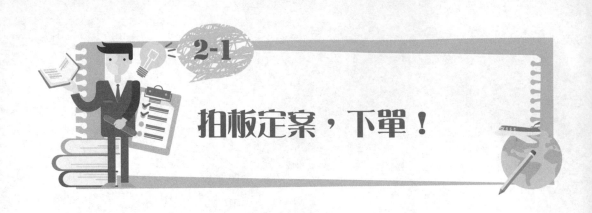

2-1 拍板定案，下單！

　　最方便的下單方式**就是** email 下單，或者是（**alternatively**）線上下單了！在好些年前，有的廠商還只接受傳真下單，因訂單要簽名、要正式些，所以雖然當時通訊早就 email 滿天飛，仍是堅持訂單要以傳真方式來開立（**place**）並提交（**submit**）正式的（**official**）採購單。在 email 下單這部分，大多廠商接受將訂單內容在 email 內文裡完整列出即可，不過還是有的廠商仍要求客戶將訂單內容打在**有公司信紙信頭的訂單格式裡**，再以 email 附件的方式傳送。有的廠商回覆報價的方式就是送上報價單或形式發票，只要客戶簽名回傳，表示接受（**acceptance**），回傳的文件也就視同正式的訂單了。

　　下單快、廠商確認快，甚至讓客戶就快快線上付款的下單方式自然就是線上下單了，只要在廠商的網站新增（**create**）帳號、註冊（**register**），完成（**complete**）線上訂單的填寫步驟，那可就能立馬妙手生訂單，讓廠商速速處理（**process**），成就訂單美事！

這樣翻

1. 可接受傳真、e-mail 下單，或者是線上下單

alternatively [ɔlˋtɚnə͵tɪvlɪ] adv. 或者

例 You can place an order by sending us your PO via e-mail or fax. **Alternatively**, you can also place your order online by using Search & Order option at our website.

您可將您的採購單以 e-mail 或傳真發給我們，**或者**也可以使用我們網站上的「搜尋與訂購」選項來線上下單。

2. 若要下單，可接受數種方式來下單

place [ples] v. 開出（訂單）、放置；n. 地方、職位

例 After reviewing the quotation and related information, if you would like to **place** an order, please do so in one of the following ways.

等您看過報價與相關資訊後，若有想要**開立**訂單，還請依如下任何一種方式來下單。

3. 請提送採購單、填訂單格式或線上下單

submit [səbˋmɪt] v. 提交、屈服、遵守、使服從

例 If you wish to purchase please **submit** a purchase order, fill out the attached order form or order online.

若您想要購買，請**提交**採購單，填寫附件的訂單格式，或是線上下單。

4. 只接受列有公司信紙信頭的正式採購單

official [ə`fɪʃəl] *adj.* 正式的、官方的、公務的；*n.* 官員、公務員、高階人員

例 Please note that **official** purchase orders with your company letterhead are required for all customers to place orders with our company.

請注意，跟我們公司下單的所有客戶都需要提出**正式**採購單，上頭須有您公司的信紙信頭。

5. 請簽回形式發票，表示接受，即可完成下單

acceptance [ək`sɛptəns] *n.* 接受、驗收、（票據等的）承兌

例 Please find attached our Proforma Invoice in relation to your recent enquiry. Once we have received your signed proforma for **acceptance** we can confirm and despatch your order.

在此附上您最近詢價的形式發票，等我們收到您簽回的形式發票，表示**接受**後，我們就可確認並出貨。

6. 線上下單請新增帳號

create [krɪ`et] *v.* 產生、創造

例 If you decide to order, please log in to our Online Store. If you don't have an account, you can **create** it here. After setting up the account, you will always be able to see the prices, ask for quotations and order online when you log in.

若您決定訂購，請登入我們的線上商店，若是您沒有帳戶，可在此**新增**，等帳戶設定好，登入之後就能查價格、要求報價，以及在線上下

單。

7. 完成網站註冊後即可線上下單

register [ˋrɛdʒɪstɚ] *v.* 註冊、登記

> 例 In case you wish to place an order with us, please **register** on our website. After registration you will be able to place your order directly on our website.

若是您希望下訂單給我們，請在我們的網站上**註冊**，註冊後即可直接在我們的網站上下單。

8. 請填寫線上訂單，或是填寫所附的訂單格式

complete [kəmˋplit] *v.* 完成、使完整；*adj.* 完整的、完全的

> 例 If you would like to place an order, you may **complete** our online order form or fill out the order form that is attached in this quotation and email it back to us.

若您要訂購，您可**完成**填寫我們的線上訂單格式，或填寫附在此報價的訂單格式，再以 email 發回給我們。

9. 通知三種下單方式，收到後即會處理

process [ˋprɑsɛs] *v.* 處理、加工；*n.* 過程、程序

> 例 To place an order, you can either fax, email the PO (Purchase Order) directly to us or submit the PO online. We will **process** the order once we receive it.

您若要下單，可直接傳真或 email 採購單給我們，或是在線上下單，我們收到訂單後就會**處理**。

order processing 訂單處理

2-2 訂單確認不可少

國貿主題介紹

　　廠商在收到客戶發來的訂單之後，應當要認真對待、用心處理，立馬出具、分配（**allocate**）至一份訂貨確認單，發給客戶，並通知（**advise**）預計（**expected**）出貨日等相關細節。而這份用來當作訂貨確認的「單據」，其名稱可一點兒也不孤單，反而還多著呢：

Order Confirmation／訂單確認單

Confirmation／確認單

Sales Order／銷售訂單

Order **Acknowledgement**／訂單確認單

Sales **Acknowledgement**／銷售確認單

P.O. Confirmation／採購訂單確認單

　　這些單據的名稱您都有可能碰到，當您碰到時，請記得給它一個認真的眼神…就是請您好好看、仔細瞧，細細核對（**verify**），看它跟訂單所列內容有無任何不符之處（**discrepancy**），是否正確（**accurate**）。如客戶發現有任何需要改動的地方，即須立刻（**immediately**）或盡快與廠商聯絡，請廠商修正，否則一旦廠商開始處理訂單、開始生產之後，也就不得再取消（**cancel**）囉！

1. 廠商通知已處理訂購單，已轉為其銷售訂單

allocate [`ælə,ket] *v.* 分配、分派

例 Your purchase order # 1202 has been **allocated** the sales order # A0925 and also processed ready for dispatch.

您的訂購單單號 1202 已**轉分配**為我們的銷售訂單單號 A0925，也已處理好，可出貨了。

2. 廠商發來銷售確認單，並通知預估出貨日

advise [əd`vaɪz] *v.* 通知、告知、勸告

例 Your sales order is attached. Please review the list of items and other details. Also please be **advised** that the ETD for a new lot will be Oct. 6th.

請見您的銷售訂單確認如附，請查看品項列表及其它明細，在此也通知您其新批的預估出貨日為 10 月 6 日。

3. 廠商請客戶查看訂貨確認單明細，注意預計出貨日

expect [ɪk`spɛkt] *v.* 預期、期待、認為

例 Your Order Confirmation is attached. Please review the list of items and note the **expected** ship date.

附上您的訂貨確認單，請查看品項列表，並請注意**預期**出貨日。

4. 廠商發送訂貨確認單

acknowledgement [əkˋnɑlɪdʒmənt] *n.* 確認通知、承認、致謝

例 Thank you for your PO. We have prepared the order **acknowledgement** as attached.

謝謝您的採購單，我們已出具了訂貨**確認單**，請見附件。

5. 廠商請客戶核對訂貨確認單，如要修改請告知

verify [ˋvɛrə‚faɪ] *v.* 核對、證實

例 The order confirmation shows all information pertaining to your order. Please **verify** and contact us immediately, prior to shipping, with any corrections.

此訂貨確認單包含了關於您訂單的所有資訊，請**核對**，若有要做任何的修改，請在尚未出貨前，馬上與我們聯絡。

verification [‚vɛrɪfɪˋkeʃən] n. 核實、證實

6. 廠商請客戶如發現銷售確認單有與訂單不符之處，請即告知

discrepancy [dɪˋskrɛpənsɪ] *n.* 不符、不一致

例 Please review the attached Sales Acknowledgement and let us know immediately if there is any **discrepancy**.

請查看附件的銷售確認單，若有任何**不符之處**，還請立即告訴我們。

7. 廠商要求客戶須確認訂貨確認單無誤後，方可出貨

accurate [ˋækjərɪt] *adj.* 準確的、精確的

例 Your order confirmation is as below. All international orders must be confirmed as **accurate** before shipping by replying to us. Thank you again for your business.

您訂單的確認訊息如下所示，對於所有的國外訂單，皆須回覆確認**無誤**後，才會出貨。

8. 如對訂貨確認單有任何問題，請隨即告知

immediately [ɪˋmidɪɪtlɪ] *adv.* 立即、直接地

例 I hereby attach the Order Acknowledgment for your review. Please let us know **immediately** if you have any questions or changes to the attached OA.

我在此附上訂貨確認單供您審視，若您對其有任何問題或要做任何更動，請立刻告訴我們。

9. 廠商通知訂單的預估交貨期，如 2 天內沒異議，將視為有效

cancel [ˋkænsl̩] *v.* 取消

例 Your order has an estimated lead time of 2-3 weeks. If there is an issue with the lead time, please notify us by the next 2 business days. Otherwise, this order is considered VALID, and cannot be **cancelled**.

您訂單的預估交貨期為 2－3 個星期，若您對此有問題，請在 2 個工作天內通知我們，否則，此訂單將視為有效，無法**取消**了。

cancellation [ˌkænsl̩ˋeʃən] n. 取消、撤銷、廢止

2-3

交貨準備期有多長

國貿主題介紹

　　前置時間「lead time」指的是完成一個程序或作業所需的一段時間，而在訂單作業中，此時間指的也就是從廠商接單到交貨（deliver、despatch）所需的時間，亦即交貨準備期。

　　廠商在通知交貨所需時間時，除了可穩當明確地告知確實（exact）出貨日的情況之外，一般都是告訴客戶估計的（estimated）出貨準備時間，例如請客戶容許（allow）個大約（approximately）幾個工作天的時間，而對於有些訂製生產的（made-to-order）訂單或是大單，可能廠商的交貨時間都會再加長（lengthen），會要個幾個星期或幾個月之後才能供貨呢！

1. 通常 48 小時內可交貨

Lead [lid] *v. n.* 引導、領路、線索；[led] *n.* 鉛

例 **Lead times** are normally within 48 hours from receipt of your purchase order, but may be much longer during holiday season.

交貨準備期通常是在收到您採購單後的 48 小時內，但在假期季節裡，可能會長上許多。

2. 告知出貨所需時間，早接單可早出貨

deliver [dɪˋlɪvɚ] *v.* 運送、投遞

例 Attached please find the quote. I have indicated the length of time for delivery below. We may be able to **deliver** sooner. It all depends on when your order is placed.

請見報價單如附，我有將出貨所需時間列出如下，我們或許可早些出貨，就看您何時可下單了。

delivery [dɪˋlɪvərɪ] n. 送貨、提供服務、分娩、（電腦）傳輸

3. 接單後 3 天內批准，交貨準備期共 6 個工作天

despatch [dɪˋspætʃ] *n. v.* 派遣；發送
= dispatch（英式拼法）

例 All orders are subject to our final authorization which will take up to 3 working days. It normally takes 6 working days from order to **despatch**.

所有訂單皆須經我們的最終批准，需時最多 3 個工作天，因此從接單到**發貨**，通常會需要 6 個工作天。

4. 等到有確實出貨日的消息時，會立即告知

exact [ɪg`zækt] *adj.* 確切的

例 I will let you know as soon as I have an **exact** date when we can send the products. I think this should be on Thursday, Aug 14th.

一有**確實**可出貨日期的消息，我就會馬上告訴您，我認為應該是會在 8 月 14 日星期四可出貨。

5. 告知預估交貨準備期，早有貨就會早出貨

estimate [`ɛstə,met] *v. n.* 估計

例 Your order has been submitted for processing and has an **estimated** lead time of 2-3 weeks. If the material is released prior to then, we will ship your order sooner.

您的訂單已提交處理了，**預估的**交貨準備期為 2－3 個星期，若提早有貨，我們就會早些處理訂單。

conservative estimate 保守估計；rough estimate 粗估

6. 有現貨，要出貨需 1－2 個工作天準備

allow [ə`laʊ] *v.* 允許、准許、給予、容許、認可

例 This product is currently in stock. Please **allow** us 1-2 business days before shipping for us to prepare.

此產品有現貨，請給我們 1－2 個工作天的時間來準備出貨。

allowance [ə`laʊəns] n. 津貼、補助、限額、允許、認可

7. 收到預付貨款後約 1 個星期交貨，生產後即不可取消訂單

approximately [əˋprɑksəmɪtlɪ] adv. 大概

縮 approx.

例 The product has a lead-time of **approximately** 1 week after prepayment is received. Once production begins, you wouldn't be able to cancel your order.

此產品的交貨準備期為收到預付貨款後約 1 個星期，一旦開始生產，將不接受取消訂單。

8. 訂製生產產品需要時間以完成品管程序

made-to-order [ˋmedtʊˋɔrdɚ] adj. 訂製的、完全合適的

例 Our kits are **made-to-order**. Although we have enough materials to cover most typical orders (~5-10 kits), we still require 7-11 business days to go through quality control.

我們的套組產品是**訂製生產的**，雖然我們有足夠的材料來供應多數的一般訂單（～5－10 組），但我們仍需 7－11 個工作天來完成品管程序。

9. 因假期將近，交貨準備期得延長

lengthen [ˋlɛŋθən] v. 延長、加長

例 The normal lead time is 2 to 3 weeks, however, the upcoming holidays may **lengthen** the lead time to around 4 weeks.

一般的交貨準備期為 2－3 個星期，但因假期快到了，可能會將此交貨準備期**拉長**到 4 個星期左右。

2-4 提醒下單時要加註說明

在訂單的前置醞釀階段，若有特殊的要求或是已議定的條件，在下單時就得要記得列上，好讓處理訂單的人員能夠遵照辦理，不致出現閃失，到了出貨時才將先前費了勁兒談來的事兒通通打回原樣，需要祭出補救措施！

那下單該要加註引述（cite）、說明（state）、提出（mention）、指明（indicate）的要點有哪些呢？說穿了，主要就是「錢、貨、文件」了！錢最大，所以若有跟廠商辛苦要來的特價或特殊折扣，當然不能忘！另外，有的客戶要求要有現貨才肯下單，所以會事先請廠商保留（reserve）存貨，既然有保留，下單時真的要記得說，這樣廠商在訂單處理上才不會重複（duplication)，徒增退款、退貨要求的困擾。對於產品的規格，如有特殊要求，亦須指明，說個清楚！

那廠商要如何耳提面命呢？當然要說一下請下單的客戶務必要確保（assure、ensure）有加註，這樣廠商才能保證（guarantee）所有的特殊要求都能樣樣符合，金額列對、貨出對、文件送全，交易達陣！

94這樣翻

1. 已保留，請下單時引述保留號碼

cite [saɪt] *v.* 引用、引述

例 I have reserved this item for you on SO0925. Please **cite** this reservation no. once you place your order.

我已為您保留此品項於單號 0925 的訂貨確認單，請您下單時**引述**加註此保留號碼。

citation [saɪˋteʃən] n.

2. 可提供證明，下單時請加註説明要求此文件

state [stet] *v.* 陳述、説明；n. 狀況、狀態、地位

例 We confirm that we can supply an export health certificate with the shipment. Please **state** that this is required when placing your order.

我們確認可隨貨提供出口健康證明，請在下單時加註**説明**有需要此證明。

statement [ˋstetmənt] n. 陳述、對帳單、聲明函

3. 可提供額外折扣，下單時請加註提出

mention [ˋmɛnʃən] *v. n.* 提到、説起

例 We can offer you additional 5% discount for 10 kits in one order. Please **mention** this discount in your purchase order if you decide to place an order.

一次下單 10 組的話，我們可提供給您 5%的額外折扣，如果您決定要

下單，請在您的訂購單上加註**提出**此折扣。

above-mentioned [əˋbʌvˋmɛnʃənd] adj. 上述的、上面提到的

4. 下單時請指明所要的產品規格

indicate [ˋɪndə͵ket] v. 指出、指示

例 If you want the product supplied in solution form, please **indicate** the desired concentration on your order.

若您要此產品以液狀型態提供，請在您的訂單上**指明**所要的濃度。

indication [͵ɪndəˋkeʃən] n. 指示、表示、徵兆、指示器讀數

5. 已保留產品，下單時請確定有加註，以避免重複處理

reserve [rɪˋzɝv] v. 保留、預定；n. 儲備（物）、保留（物）

例 I have **reserved** the item, as requested, please make sure to reference reservation no. when placing the order so that it doesn't get duplicated.

我已依您要求**保留**了此品項，請確定下單時提及列出此保留編號，這樣才不會有重複處理的狀況發生。

6. 下單時請加註保留編號，以免重複

duplication [͵djuplɪˋkeʃən] n. 重複、複製、副本

例 Please be sure to reference your reservation # at the time of placing your order to avoid **duplication**.

在下單時，請確定有提及此保留編號，以避免**重複**。

7. 下單時請確保有加註所給折扣的報價單單號

assure [ə`ʃʊr] *v.* 向…保證、擔保、使確信、使放心

例 Please reference Quote # 1202 when placing an order to **assure** that the discount is applied.

下單時請加註報價單單號 1202，以**確保**會用上此折扣。

assured [ə`ʃʊrd] adj. 確定的、得到保證的、確信的

assurance [ə`ʃʊrəns] n. 保證、確信、把握、自信

8. 下單時請確保有加註報價參考編號

ensure [ɪn`ʃʊr] *v.* 保證、確保、擔保、使安全

例 Please **ensure** this quotation reference is mentioned on your purchase order when placing your order.

在您下單時，請**確保**在您的訂購單上會提出此報價參考編號。

9. 下單時請確定有寫上報價單號，以保給價正確

guarantee [ˌgærən`ti] *v.* 保證、擔保、保障；n. 保證、擔保品、保證人

例 Please be sure to reference the quote # at the time of order placement in order to **guarantee** the correct pricing.

請您在下單時確定有列上報價號碼，以**保證**我們給價無誤。

2-5 條條條款通交易，通通接受了再交易

國貿主題介紹

　　客戶跟廠商下單購買產品買賣成交了，也同時締結了合作的關係，而這關係背後可是有長長長長的條件規範支撐著，這就是廠商制定的條款－「Terms and Conditions」，亦即所謂的一般（general）條款、標準（standard）條款，或是銷售條款，裡頭會規範訂單訂立程序、交貨條件、付款條件、保固、退貨及使用者行為（conduct）準則等諸多條文（clauses)，廠商在收到詢價或確認接單時，就會提供此條款，盡告知義務，若客戶無異議，即表示認可（acknowledge）並同意受這些「條款」所約束（bound)。而在客戶線上下單時，也會出現此條款，其下方會有一處方格供勾選，一經勾選，就表示客戶已詳細並完全地（thoroughly）閱讀過，並接受這些條件了。

　　那這些條款是否訂立了就不會更動呢？當然是會的，環境在變，規範的條文也就有調整、修改（amend）的必要，必須與時俱進，不使廠商本身的利益與作業效率因囿於舊規而有減損的可能，所以，有的廠商的線上下單系統，在客戶每次下單時也就都會出現這些條款的最新版全文，而對這些條款清清楚楚，絕對也是客戶對自身權益的保障！

1. 請見一般條款裡的退貨政策說明

condition [kən`dɪʃən] *n.* （尤指協議中的）條件、先決條件、情況

例 Our general terms and **conditions** have a 10 days return policy. Please follow this link to our terms and conditions of sale.

我們的一般**條款**中有 10 天退貨政策的規定，請由此連結查看我們的銷售條件。

2. 一般條款適用所有交易

general [`dʒɛnərəl] *adj.* 一般的

例 The following **general** terms and conditions apply to all agreements for sale and/or for services.

下列的一般條款適用於所有的銷售及／或服務合約。

3. 請點入連結，查看標準銷售條款

standard [`stændəd] *n.* 標準、規範；*adj.* 標準的

例 This order is made pursuant to our **standard terms and conditions** of sale which are available by clicking on the below web link.

此訂單為依據我們的**標準**銷售條款所訂立，點入下列網站連結即可查看這些條款。

4. 提醒，條款中的使用者行為準則已更新

conduct [kənˋdʌkt] *n.* 行為、處理

例 As a reminder, our user code of **conduct** included in our terms and conditions has been updated and expanded this year.

在此提醒，我們條款中的使用者**行為**準則今年已更新並予以擴充了。

5. 條款不時會有更動，請定期查看

clause [klɔz] *n.* 條款

例 We may vary these Terms and Conditions from time to time (in accordance with **Clause** 7) and so we recommend that you check them regularly for changes.

我們可能會不時變更這些「條款」（根據**條款** 7 所規範），因此，建議您定期查看有無變動。

6. 回覆 email 即可表示接受條款規範

acknowledge [əkˋnɑlɪdʒ] *v.* 告知收到、承認、認可

例 You can **acknowledge** your acceptance of these terms by responding to this email.

您可回覆此 email，表示**認可**接受這些條件。

acknowledgement [əkˋnɑlɪdʒmənt] n. 確認通知、承認、致謝

7. 接受並同意受條款的約束規範

bind [baɪnd] *v.* （過去式、過去分詞： bound [baʊnd]）束縛、約束

例 By clicking the button marked 'Accept Terms and Conditions' when completing your transaction you confirm that you have read, accept and agree to be **bound** by these Terms and Conditions.

當您完成此交易，點選標有「接受條款」按鍵後，即為確認您已閱讀，且接受並同意受這些「條款」所**約束**。

8. 確認條款已完全詳讀

thoroughly [ˋθɝˌolɪ] ad*v*. 徹底地、完全地

Please ensure that you have carefully and **thoroughly** read these Terms and Conditions before placing orders.

請確保您在下單前已詳細並**完整**閱讀了這些條款。

9. 條款不時會有修訂，請每次下單時查看

amend [əˋmend] *v*. 修訂、修改、改善

= revise, modify, correct, alter, vary

例 We may **amend** these terms and conditions from time to time. Every time you wish to order goods from us, please check these terms and conditions to ensure you understand The Terms which will apply at that time.

我們可能會不時**修訂**這些條款，在您每一次跟我們訂購商品時，請查看這些條款，以確保您瞭解下單時所適用的條件。

n. amendment 修訂；修正條款

make amends 賠償；補救

❓ 國貿人提問：國外盧，怎麼都說不清！

　　您好，我是一家顯微鏡進口商的業務，我需要直接跟國外原廠詢價、談訂單、問出貨，還有溝通保固、售後服務這些事。我在這家公司工作了好幾年，最近因為接到了一個大訂單，所以跟原廠幾乎天天都在寫email，但愈寫愈多，愈覺得怎麼有些事就是跟原廠說不清，原廠就是很盧，搞不懂我們問的問題，又不肯照我們所建議的方式來處理出貨的事，像是我都跟他們說了若不照做，我們這裡通關會有問題，但國外原廠就是不管，說不行就不行…我真的覺得國外很盧耶！盧到我也不知道該怎麼做了！請問您先前有碰過這類很盧的國外廠商或客戶嗎？他們很盧，那我們應該要怎麼辦才好呢？還請您幫我說個分明，幫我理出個能夠繼續溝通的出口！謝謝！

一直在思考有沒有什麼辦法讓國外原廠不盧的 Tim

國貿經驗分享

　　親愛的 Tim，你好，我也有碰過滴！會盧的廠商或客戶全世界都有呢！國外廠商的盧，有兩種！第一種是他們**搞不清楚究竟你要求的是什麼**，因為不清楚，所以國外廠商回話不會回在正題上，回問也會讓人不知道到底是問到哪裡去了！碰到這樣的情況，我們就要認真地想一下究竟是哪一個點開始讓原廠不清楚，想完之後，請將那一個點放大成線和面，從時間軸來看，從事情牽涉的層面來看，然後請你以**條列或表列的方式將每件事一一列出來**，將時間、事件、

問題處、已知訊息、待解問題清楚地列出來，**再發給原廠，幫助他們釐清自己認知的模糊處**，當他們眼前的迷霧散去之後，你們就能夠在清晰的狀態下說明彼此的要求與做法了！

另一種盧，就是**國外原廠有「規則、政策」大旗插在前頭**，任何不合其規則或政策的要求皆不受理…這種盧，不是短時間會有改變，好處呢？就是原廠答案之明確，讓我們知道也不用再太費唇舌想去改變。不過，有一點要注意，我們有時要回頭想想我們提出的要求究竟合不合理、合不合法？此話怎說呢？你想想，若是我們為了想跳過申請進口許可這一關，而請國外原廠將標籤上的品名改掉，但原廠不改就是不改，請問這能說是原廠盧嗎？當然不行！而且，這是原廠守法的表現，反而是我們想盧原廠給我們行個方便哩！所以囉！我們**對很盧的原廠，我們該說的說清楚，不用多說的就轉而去想其他的解決方法**，那對到我們自己盧的時候呢？請我們隨時反過來反省一下我們自己，有法有理才能走天下，才能走得長長久久呢！

2-6 送上出貨通知

國貿主題介紹

　　廠商出貨後，客戶會收到廠商發來內含（contain）出貨訊息的 email，最完美的情況就是下列資訊與相應的（corresponding）文件通通一次發來，讓客戶因毫無匱乏、通關順利而心生感動呢！

- 出貨訊息

出貨日、預估運送（transit）所需時間、到貨時間

提單號碼、班機（flight）號碼

- 出貨文件

提單、裝箱單、商業發票、發票（供付款的發票）

- 產品文件與證明書

產品說明書，以及事先已溝通須提呈的正式文件，如出口許可證、產地證明等等。

　　此外，如透過（via）快遞出貨，待貨物正式提交（tender）給快遞公司之後，資料即上線啟動活化（active)，廠商與客戶皆可於線上追蹤、查看貨物的在途進度與狀況（status），同時，快遞公司亦會代表（on behalf of）出貨方，主動通知客戶貨物運送狀況，如有異常狀況，雙方亦會即時收到通知，以能迅速應變處理！

 這樣翻

1. 廠商告知出貨後會發來出貨明細

contain [kən`ten] *v.* 裝有、容納

例 You will receive an email notice **containing** shipping information once your order has been shipped.

待您訂單的貨出了之後，您就會收到一封**內含**出貨訊息的 email。

container [kən`tenɚ] n. 容器（如箱、盒等）、貨櫃

Full-Container-Loads (FCL) shipping 整櫃運送

Less-Than-Container Loads (LCL) shipping 併櫃運送

2. 廠商通知出貨，發來出貨文件

corresponding [ˌkɔrɪ`spɑndɪŋ] *adj.* 符合的、對應的

例 We are glad to inform you that the order was dispatched today. Attached you will find the **corresponding** shipping documents.

我們很高興要來通知您，此訂單已在今天寄出，在此附上其**相應的**出貨文件。

3. 廠商通知預估的運送所需時間

transit [`trænsɪt] *n. v.* 運輸、運送、通過

例 Please note the 5 working day **transit** time is an estimate and may take slightly longer due to external factors beyond our control.

請注意此 5 個工作天的**運送**時間是個預估值，也有可能會因無法控制的外部因素而再久一些。

4. 廠商通知班機明細

flight [flaɪt] *n.* （飛機的）班次、航程、飛行

> 例 Please find below **flight** details for your shipment despatched today.

關於今天發給您的貨，請見其**班機**明細如下。

比較：freight [fret] n. 運費、運輸（貨運）

5. 廠商通知透過快遞出貨

via [`vaɪə] *prep.* 經由、透過

> 例 We will be shipping this order out tomorrow **via** Fed-Ex International Priority service.

此訂單我們將會在明天**透過** FedEx 國際優先快遞服務來出貨。

6. 快遞公司通知貨物已由廠商交付快遞運送

tender [`tɛndɚ] *v.* （正式）提出、投標；*n.* 投標

> 例 This shipment was **tendered** to FedEx Express on 09/25/2017.

此出貨已於 09/25/2017 提交給 FedEx 快遞了。

7. 廠商告知出貨，待資料上線後即可追蹤

active [`æktɪv] *adj.* 活躍的、在活動中的

> 例 Your order will be shipped today. If you follow the web link below, you can track the progress of the shipment. Information relating to your shipment will become **active** during the day.

您的訂單將於今天出貨，如您點入如下連結，即可追蹤出貨的進度，今日內將可開始有此出貨的訊息。

activate [`æktə,vet] v. 使活化、啟動

8. 廠商通知出貨，請客戶追蹤注意

status [`stetəs] *n.* 狀況；情形

> 例 Your order is on the way. Please track your shipment to see the delivery **status**.

您的訂單已出，請追蹤出貨以查看遞送**狀況**。

availability status 現貨狀況

professional status 專業地位

status quo 現狀

9. 快遞公司代表廠商發送出貨狀況通知給客戶

behalf [bɪ`hæf] *n.* 代表、利益

> 例 This tracking update has been sent to you by FedEx **on behalf of** the Requestor noted above.

我們**代表**上述請求人，已將此追蹤更新狀況發送給您。

2-7

快遞快出快快到

國貿主題介紹

　　透過快遞公司（**courier**）來出貨，既快捷（**express**）又便利，還能在取件、通關延遲、送件時發送 e-mail 通知指定人，也能在線上追蹤（**track**）貨物在途的進度。在快遞公司所提供的服務類型上，快速、優先（**priority**）處理的使命必達型當然很好，但成本實在高，客戶有時可容許貨物慢個幾天再到，因此，快遞公司也推出了實惠的經濟型（**economy**）快遞服務，以多元的方式來滿足客戶的各種不同需求。廠商在與客戶溝通快遞出貨事宜時，必定會問到運費會要求哪一方來支付，看是要由廠商安排以其快遞帳戶出貨，運費預付，再將此筆費用列入發票中跟客戶收取，還是要走客戶自己配合的快遞公司來出貨，運費到付（**collect)**，如此一來，客戶可自行與其快遞公司結清運費等相關費用，在通關處理上，也會因快遞公司與客戶配合上有經驗、有默契，可能也能加快（**expedite**）通關速度。

　　另外，在廠商與客戶的溝通上，也需要談到包含收件人（**recipient**）名稱等出貨明細，而若是要對出貨貨物辦理保險的話，就要在表單中寫上運送的總申報（**declared**）價值，讓快遞公司見金額辦保險囉！

1. 通知可受理出貨的快遞公司

courier [`kʊrɪə] *n.* 快遞公司、快遞員、導遊

例 FedEx will not carry this kind of products. We can only ship this product internationally via World **Courier**.

聯邦快遞不寄送此類產品,我們只能透過世界**速遞**來出口。

2. 建議由經濟型改快捷型快遞服務

express [ɪk`sprɛs] *n.* 快遞、快運;*adj.* 快的、直達的;*v.* 表達、陳述

例 This economy mode takes up to 7 days to deliver the package. We suggest you correct your shipping instruction and allow the delivery using **Express** service.

此經濟型出貨最多需時 7 天,我們建議您更正您的出貨指示,改以**快捷型服務來出貨。**

EMS:(郵局)國際快捷(International Express Mail Service)

3. 通知出貨,告知可追蹤並監控快遞包裹

track [træk] *v.* 追蹤、留下足跡;*n.* 行蹤、小徑、鐵軌

例 We are pleased to inform you that we shipped your order via FedEx earlier today. Your package can be **tracked** and closely monitored using FedEx›s website.

我們很高興地要來通知您,您的訂單今天稍早以透過 FedEx 出貨了,您可使用 FedEx 的網站來**追蹤**並密切監控您的包裹。

Tracking no. 追蹤號碼

4. 收款後會安排以快遞公司的優先型服務方式出貨

priority [praɪˋɔrətɪ] *n.* 優先、優先事項

例 Orders will be processed upon receiving full payment and shipped using FedEx International **Priority** service

收到全額付款後就會處理訂單，安排以 FedEx 國際**優先**快遞服務的方式來出貨。

5. 安排以經濟快遞服務的方式出貨，運費由收件人負擔

economy [ɪˋkɑnəmɪ] *n.* 經濟、節約

例 We can use FedEx **Economy** service to ship 100 free bags to you at the end of February.

我們可在二月底安排以 FedEx 經濟快遞服務的方式，寄出 100 個免費袋子給您。

6. 廠商告知快遞運費金額，也可採運費到付的方式出貨

collect [kəˋlɛkt] *adj.* （由收受方）付費的；*v.* 收、接走、聚集

例 The estimated shipping cost via DHL express Worldwide to Taiwan is US$ 100. We can also ship with freight **collect** by using your DHL or FEDEX account if you prefer.

走 DHL 全球快遞出貨的預估運費為 100 美金，若您想要的話，我們也可走您的 DHL 或 FedEx 帳戶，運費到付。

7. 建議以收件人的快遞帳戶出貨，以加快通關速度

expedite [ˋɛkspɪˌdaɪt] *v.* 加快、促進、發送

例 We strongly recommend using your own FedEx account (if any) for shipping since this may **expedite** customs clearance and save shipping charges.

我們強烈建議以您自己的 FedEx 帳戶（如有的話）來出貨，因為這可加快通關速度，並節省運費。

8. 運費由收件人直接支付給快遞公司

recipient [rɪˋsɪpɪənt] *n.* 收件人、接受者

例 The shipping fee will be paid by **recipients**. If you have a Fedex or DHL account, please tell me and you can pay the shipping fee to them directly.

運費會由收件人支付，若您有 DHL 或 FedEx 帳戶，還請告訴我，這樣您就可直接付運費給他們了。

比較： receipt [rɪˋsit] n. 收到、收據、收入

9. 快遞提單上註明運送的總申報價值，供保險之用

declare [dɪˋklɛr] *v.* 申報、聲明

例 Attached please find the Air Waybill. The kit price is indicated in the "total **declared** value for carriage" section for insurance.

請見空運提單如附，套組產品價格已在「運送的總申報價值」項下列出，以供保險之用。

declaration [ˌdɛkləˋreʃən] n. 申報、宣布、宣言、

2-8

包裝與出貨特殊要求

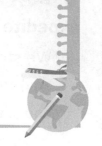

國貿主題介紹

　　有的產品在包裝上、出貨時會需要特別的對待，無法就這麼一路在常溫（ambient temperature）中長保安然無恙，此時，產品的型態、包裝與出貨要求就得拉上檯面來好好溝通溝通，以免貨到了，也同時發現貨況不佳或不堪使用了。產品在出貨安排時會談到的敏感源多是對溫度或光線敏感（sensitive)。若是冷熱環境會影響產品品質，那對在途運送的溫度就得好好計較一番，看是要配著冷卻包（refrigerant packs）或是乾冰來出貨，若是對到須特別嚴謹以待的特殊狀況，可能還要請出溫度記錄器（temperature data logger）來特別伺候，在運送途中全程監控溫度的變化呢！

　　若是產品對光線敏感，不能暴露（expose）在日光之中，那麼在包裝與運送上一樣也要細心呵護，在產品本身包裝上可能就要運用褐色（amber）材質，以避開（protect from）日光的侵襲，以能在運送途中維持品質的穩定（stable）狀態，保證最後安然抵達，可放心使用，這樣也才能不辜負這一路上從產品諮詢、訂貨到出貨這麼辛苦的過程啊！

1. 廠商告知可選擇的出貨產品型態與運送溫度

ambient [ˋæmbɪənt] *adj.* 環境的、周遭的

例 You can choose from the following shipping methods: ship as lyophilized powder at **ambient** temperature or as frozen liquid solution with blue ice.

您可以選擇下列的出貨方式：以凍晶狀於**常溫**下出貨，或是配著藍冰保冷包以液態冷凍溶液出貨。

2. 產品對溫度敏感，會併同冰包出貨

sensitive [ˋsɛnsətɪv] *adj.* 敏感的

例 This product will be shipped with ice packs as it is **sensitive** to temperature.

此產品因為對溫度**敏感**，所以會配著冰包出貨。

3. 產品雖以乾冰出貨，但不應於此低溫下長時間儲存

temperature [ˋtɛmprətʃɚ] *n.* 溫度、氣溫

例 These cell lines will be shipped with dry ice, -80°C, but please avoid a prolonged storage at this **temperature** because some cell lines tolerate this, others not.

這些細胞株會以乾冰出貨，即-80°C，但請避免長時間儲存於此溫度下，因為有些細胞株可承受此**溫度**，但有的則不行。

4. 客戶所在地溫度高，請廠商出貨多放些保冷劑

refrigerant [rɪˋfrɪdʒərənt] *n.* 保冷劑、冷卻劑；*adj.* 冷卻的

例 Considering the temperature is around 35°C here, please note to put more **refrigerant** packs in the shipping box.

考量到這裡的溫度在 35°C 左右，還請注意在出貨的箱子裡多放幾包**保冷劑**。

5. 客戶要求出貨附上溫度記錄器

logger [ˋlɔgɚ] *n.* 記錄器、伐木工

例 We request that the products are to be shipped with a temperature data **logger** which can monitor for 25 days.

我們要求這些產品配著可監控 25 天的溫度**記錄器**一起出貨。

6. 天然產品對溫度敏感，須避光

expose [ɪkˋspoz] *v.* 使暴露於、使接觸到、揭露、使曝光

例 The product is natural thus sensitive to temperature. Please keep the product in the original packaging and do not **expose** to direct sunlight.

這是個天然的產品，會對溫度敏感，因此請將此產品留在其原有包裝裡，不要暴露在直射的陽光下。

7. 產品對光線敏感，廠商會以黃褐色瓶子出貨

amber [ˋæmbɚ] *adj.* 琥珀色的；n. 黃褐色、琥珀

例 The product is light sensitive, and so we'll use **amber** bottles to help filter out potentially harmful UV rays.

此產品對光線敏感，因此我們會使用**黃褐色的**瓶子來幫助過濾掉潛在的有害紫外線。

8. 產品將於常溫下以避光包裝出貨

protect [prəˋtɛkt] *v.* 保護、防護

例 The product will be shipped at ambient temperature, **protected** from light by wrapping it in aluminium foil.

此產品將會在常溫下出貨，並會以鋁箔包裝來**避**光。

protection [prəˋtɛkʃən] n.

patent-protected products 專利保護產品

9. 產品穩定，可於室溫下出貨

stable [ˋsteb!] *adj.* 穩定的；n. 馬棚

例 The product is extremely **stable** and can be shipped at room temperature.

此產品極為**穩定**，可在室溫下運送。

stability [stəˋbɪlətɪ] n. 穩定、穩定性、堅定

2-9

付款條件哪一條？預付、貨到馬上付或之後再付？

國貿主題介紹

　　付款條件（**terms**）這事，最重要的就是時間點了，看是得出貨前預付，還是出貨後再付。若是廠商要求要走有銀行參入的正式、嚴謹途徑，由銀行來擔負收取、轉交出貨文件或匯票的任務，則是像下列這幾種方式再配上時間點要求的付款條件：

- 信用狀／Letter of Credit（L/C）
- 付款交單／Document **against** Payment（D/P）
- 承兌交單／Document **against** Acceptance（D/A）
- 若是不用銀行出面擔負此等重任，則會像是如下這些個付款條件：

- 憑單據付款／Cash **against** Documents（CAD)
- 貨到付款／Cash on Delivery（COD)
- 預付貨款／Cash in Advance（CIA)、Payment in **Advance**、**Prepayment**（亦即出貨前預付 prepaid **prior** to shipment）
- 發票日後付款：例如 Net 30，貨款在發票日後 30 天到期（**due**），須付清應付（**payable**）款項。

　　還有些付款條件是分期支付，有預付訂金（**deposit**）的部分，也有餘額（**balance**）須在將要出貨前付清。

　　付款條件是一板一眼的規矩，廠商會清楚制定，買方得確實照辦，才能求得廠商確實出貨，或是才能確保往後雙方繼續合作的愉悅氛圍！

1. 請全額預付，否則中止出貨

terms [tɝms] *n.* （協議上的）條件、條款（用複數）

= conditions、provisions

例 Our **terms** of payment are advance payment in full. We reserve the right to suspend delivery if payment is outstanding.

我們的付款**條件**為全額預付，若是貨款未付，則我們有權中止出貨。

2. 只接受信用狀或憑單據付款

against [əˋgɛnst] prep. 對比、對照、反對、對抗、不利於

例 Our payment terms are the same for all distributors. We could accept Letter of Credit or Cash **Against** Documents.

我們的付款條件對所有經銷商都是一樣的，可接受信用狀或是憑單據付款。

3. 須預付貨款，會提供銀行資料

advance [əd`væns] *adj.* 預先的

例 We request the payment to be made in **advance**. Please let me know if you are interested in ordering, and we will send you a Proforma Invoice with bank details for prepayment.

我們要求要預付貨款，請告知是否您有興趣下單，我們可寄形式發票給您，上頭有銀行資料供預付貨款。

4. 收到預付貨款後才會生產

prepayment [pri`pemənt] *n.* 預付

例 For an oversea order, we need a 100% **prepayment** to initiate the production. Please see the invoice as attached for more information.

對於海外訂單，我們須收到 100%的預付貨款才會開始生產，請見發票如附，上頭有更多的資訊。

5. 付款條件一律為出貨前預付指定幣別的貨款

prior [`praɪɚ] *adj.* 事先的

例 Unless we state otherwise in writing, payment terms are prepaid **prior** to shipment. You will make payment in the currency indicated on the invoice.

除非我們有其他的書面說明，否則付款條件皆為出貨前預付貨款，須以發票上所指明的幣別來付款。

6. 月結付款，貨款次月底到期

due [dju] *adj.* 應支付的、到期的、應得的；n. 應付款

例 Our payment terms are Net Monthly, i.e. payment is **due** on the last day of the month following the one in which the invoice is dated.

我們標準的付款條件為月結，也就是貨款在發票日隔月最後一天**到期**。

7. 應付貨款須於發票日後 30 天付清

payable [`peəb!] *adj.* 應付的

例 Please note that all invoices are **payable** 30 days net after the date of invoice.

請注意所有的發票皆是發票日後 30 天**應付款**。

8. 通常須全額預付，此量大訂單可先付部分訂金

deposit [dɪ`pɑzɪt] *n.* 訂金

例 Usually we request 100% prepayment. For your bulk order, we can accept 30% **deposit** T/T in advance and 70% balance T/T before shipment.

通常我們要求 100%預付貨款，對於您這一筆量大的訂單，我們可以接受預先電匯 30%訂金，70%的餘額在出貨前電匯付清。

9. 部分預付，餘額出貨前付清

balance [`bæləns] *n.* 結餘、平衡、均衡；v. 使平衡、抵銷

例 Our standard terms of payment are 30% of Invoice amount to be paid in advance and the **balance** prior to delivery.

我們標準的付款條件為發票總額 30%預付，**餘額**在出貨前付清。

付款方式哪一種？
開狀、匯款或刷卡？

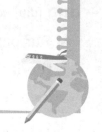

國貿主題介紹

　　廠商在説明付款條件時，除了説明付款時間點之外，也會告知買方有什麼樣的付款方式可供選擇，説其所接受的、偏好的（**preferred**）付款方式有哪些，若是要求開立（**issue**）信用狀，那配套的方式細節就得要廠商跟買方提點提點了，例如要求開立不可撤銷的即期（**sight**）信用狀，或者還要是經保兌的（**confirmed**）信用狀。

　　除了這些關乎正式文件的細則要求之外，常見的付款方式可分為三大類，亦即匯款、信用卡及支票。支票付款要注意的就是別寄丟了，要吩咐的細節不多。廠商若要求買方匯款（**remit**）支付，就會提供銀行帳戶明細及相關的指示（**instructions**），再者，廠商通常還會要求對於匯款所衍生的銀行手續費須掛在買方帳上，須歸屬於買方自己的成本費用（**expense**)，另外也多會要求買方在匯款時將發票號碼寫在銀行單據上，這樣廠商在收到匯款時，才能清楚參照（**reference**)，知道買方所來的匯款究竟是針對哪一張發票的帳款。若採信用卡付款，可免除匯款的手續費，但是，同樣有其信用卡交易（**transaction**）處理費的成本滴，就請買方自行比較比較，看孰者為優囉！

這樣翻

1. 建議匯款支付，支票付款也可接受

prefer [prɪˋfɝ] *v.* 偏好、寧願

例 The **preferred** payment method is by bank transfer, however a cheque will also be accepted.

我們**偏好**的付款方式為銀行轉帳，但是支票也是可接受的。

preference [ˋprɛfərəns] n. 偏愛、優先（權）

2. 請依約開立信用狀

issue [ˋɪʃʊ] *v.* 出具、開立、發行；*n.* 問題、發行、期號

例 Please **issue** the letter of credit in accordance with the terms agreed.

請根據我們所協議的條件來開立信用狀。

3. 只接受預付與不可撤銷的即期信用狀

sight [saɪt] *n.* 即期、看見

例 We can only accept prepayment and irrevocable Letter of Credit at **sight**.

我們只能接受預付貨款與不可撤銷的**即期**信用狀。

4. 請開立保兌的信用狀

confirmed [kənˋfɝm] *adj.* 保兌的、確定的

例 Please be reminded to ask your bank to issue a **confirmed** and irrevocable letter of credit.

在此提醒您，請要求您的銀行開立**保兌的**不可撤銷信用狀。

5. 送上發票，請盡快匯款

remit [rɪ`mɪt] *v.* 匯款

例 Your invoice is attached. Please **remit** payment at your earliest convenience.

在此附上您的發票，請盡快**匯款**支付。

remittance [rɪ`mɪtns] n. 匯款、匯款額

6. 告知匯款所需的指示說明

instruction [ɪn`strʌkʃən] *n.* 指示、命令、吩咐

例 In order to process the order we need to receive the prepayment. If you want to do a wire transfer, please find attached the related **instructions**.

我們須收到預付貨款才能處理訂單，若您要以匯款支付，那麼請見附件所列的相關**指示**。

instruct [ɪn`strʌkt] v.

7. 可線上下單付款，亦可 email 訂單，匯款付款須自負銀行手續費

expense [ɪk`spɛns] *n.* 費用

例 You can order directly on our website, and pay via PayPal. You also may send the order sheet to this email, and pay them via wire transfer - Paying bank's charge shall be at your **expense**.

您可以直接在我們的網站上下單，以 PayPal 支付，也可以將訂單寄至

這個 email 信箱，以匯款支付－付款銀行的費用須由您來付**費**。

expend [ɪk`spɛnd] v. 消費、花費（時間、精力等）

expenditure [ɪk`spɛndɪtʃə] n. 消費、支出

8. 匯款時請加註發票號碼

reference [`rɛfərəns] *n.* 參考、參考文獻；*v.* 提及

例 We accept only wire transfer. When you make the payment, please write down the Invoice number on the bank receipt as the **reference**.

我們只接受匯款，當您付款時，請將發票號碼寫在銀行收據上，以供參照。

9. 可接受匯款與信用卡付款，提醒會加收信用卡的交易處理費

transaction [træn`zækʃən] *n.* 交易

例 You can pay by wire transfer or check. Payment by credit card is also acceptable, and we will surcharge 3% processing fee of credit card **transactions**.

您可用電匯或支票來付款，信用卡付款也是可接受的，我們會加收 3% 的信用卡**交易**處理費。

2-11

匯款安排知多少

國貿主題介紹

　　廠商若是要求客戶以電匯（**wire**）分式來支付貨款時，就會告知其收款銀行與帳戶的明細資料，有的是將此資料列在發票上，有的是另外發來一份匯款指示，要求所有付來的（**incoming**）匯款，皆須遵照指示來辦理。而這樣的匯款指示，大多會條列出下列這幾項明細：

- 銀行名稱與地址
- 銀行國際代碼（**SWIFT**)
- ABA 路徑（**route**）號碼
- 受益人（**beneficiary**）或收款人（**payee**)
- 帳號

　　除了這些必要資訊外，廠商會再苦口婆心叮嚀的事就是金額了！廠商要收到的金額就是發票全額，但是銀行居中處理總是會要收取手續費，所以廠商就要提醒客戶匯款時必須自行吸收（**absorb**）匯出銀行、匯入銀行因處理匯款所產生、帶來的（**incurred**）銀行手續費，如匯款還有經過中間（**intermediary**）銀行，就須連同中間銀行的手續費一併支付，待廠商領收匯款時，一定要是發票足額，一個子兒都不能少呢！

 這樣翻

1. 廠商提醒客戶匯款時不拆分單張發票金額

wire [ˈwaɪr] *n.* 電匯、金屬線 ；*v.* 發電報、給⋯接上電線

例 Please note to **wire the payment** based on full invoice amount and not to split it.

請注意要電匯發票的總金額，不要拆開付款。

2. 廠商送上匯款指示說明

incoming [ˈɪnˌkʌmɪŋ] *adj.* 進來的 ；*n.* 進來、收入

例 Please remit payment using the attached instructions for all **incoming** wire transfers.

對於所有**發來的**匯款，請依附件的指示來匯款。

3. 客戶與廠商確認匯款收款銀行的國際代碼

SWIFT [swɪft] （Society for Worldwide Interbank Financial Telecommunication）全球銀行金融電訊協會 ；*adj.* 快速的、快捷的

例 We made a wire transfer earlier today but our bank said the provided **SWIFT code** is invalid. Please let us know the correct code of your bank.

我們今天稍早有去匯了款，但我們銀行說我們所提供的**銀行國際代碼**無效，還請告訴我們您銀行的正確代碼。

4. 客戶請廠商告知銀行路徑號碼

route [rut] *v.* 安排路線；*n.* 路線

例 For making an electronic wire transfer in the USA, our bank requires your ABA **routing** number to process.

為了在美國境內電匯貨款，我們的銀行需要您銀行的 ABA **路徑號碼**。

（ABA: American Bankers Association 美國銀行協會）

5. 客戶與廠商確認受益人全名

beneficiary [ˌbɛnəˋfɪʃərɪ] *n.* 受益人

例 We're preparing to make a wire transfer to you. To avoid any mistake, please confirm with us the full name of **beneficiary**.

我們準備要電匯貨款給您，為避免有任何錯誤發生，還請您跟我們確認一下**受益人**全名。

benefit [bɛnəfɪt] n. 好處、津貼、福利
beneficial [ˌbɛnəˋfɪʃəl] adj. 有益的
mutual benefit 互惠、互利

6. 廠商告知銀行明細，提醒收款人全名

payee [peˋi] *n.* 收款人

例 We accept payment by bank transfer. Our bank details are as follows and please note that the full name of the **payee** is GBS Re MHRA PYC.

我們接受匯款付款，我們的銀行明細如下所示，請注意**收款人**全名為「GBS Re MHRA PYC」。

7. 廠商要求匯款的銀行手續費須由客戶支付

incur [ɪnˋkɝ] (v.) 帶來、引起、招致

例 All bank charges **incurred** with the transfer will be absorbed in full by your side.

所有因匯款而**產生**的銀行費用，都須由您全額負擔。

8. 廠商要求收款銀行與中間銀行的手續費皆須由客戶負擔

intermediary [ˌɪntɚˋmidɪˌɛrɪ] adj. 中間的；n. 中介

例 Please pay the full amount of the invoice without deducting bank fees. Customers are responsible for all/any bank charges, including **intermediary** bank transaction fees

付款金額須為發票全額，銀行手續費不得從中扣除，客戶須自行負擔所有／任何銀行費用，包括**中間**銀行的交易手續費。

中間銀行 intermediary bank

9. 廠商願意吸收銀行手續費

absorb [əbˋsɔrb] v. 吸收、承擔（費用等）

例 If you can make wire transfers monthly as discussed, we will **absorb** our banking fees.

若是您可依照所討論的方式每個月安排匯款，那我們就會**吸收**我們銀行的手續費。

**Amy** Time

　　我剛開始還滿喜歡我這份英文業務祕書的工作的，但是做到後來卻覺得對內我常有委屈，對外我也不時有丟臉的感覺！事情是這樣滴！業務助理和進口報關人員幾乎每天都會有出貨的問題要我問國外原廠，像是快遞出貨怎麼該到還沒到？貨是卡在哪裡？國外是要我們先匯款後才出貨嗎？可不可以問一下這家原廠收不收信用卡？貨到後的儲存溫度是幾度？…我啊！其實覺得我自己的辦事效率還不錯，不積著事，有待問問題，我立馬發 email 幫同事問去！結果，我常常會收到國外廠商這樣回答我：妳有提單號碼可追蹤出貨、付款條件寫在 Invoice 上了、交易條款裡有說明付款方式了…我真的是愈來愈不好意思了，國外原廠一定以為常發笨問題的我是個辦事不力的人了啊！我在提問前也都會先找一下手邊的資料，但同事又追著我要答案，有時我只好就先發為上…我也不想讓自己好像老是在問笨問題，我也想要跟原廠證明一下，讓他們感受到我可是有能力的人啊！

　　　　　　　　以前覺得自己辦事有力，現在心裡很無力的 Nikki

國貿經驗分享

　　親愛的 Nikki，妳好！一有事妳就立馬解決，這樣處理事情的態度很好呢！

　　廠商常回妳說妳所問的問題在先前來的資料上都有了，所以我們要處理的問題就是，妳要如何在現有的資料上很快找到妳要的資訊？方法無他，我們得要先搞清楚**相關的資料有哪些**，**內容是什麼**，因此，請妳先整理出這些

資料，接著，就請妳**將每一份資料的內容從頭看到尾**，若是碰到像操作說明書這類一眼看不盡的文件，最好花個一次性的功夫，埋頭苦讀，讀完妳就會有在專業上、英文上收穫豐富的紮實感！若現在還沒時間下這種功夫，那就請妳**逐一掃過文件裡的大、中、小標題**，以了解這樣的文件裡可以找得到什麼樣的資訊。等妳做完這樣穩紮穩打的準備功夫後，當妳工作上再接收到同事急得跳腳的問題時，請妳循著邏輯、記憶的線索，先往這些資料找去，很快就會找到答案！這樣的找尋動作與時間，乍看會以為還是花了時間，不如直接發個 email 問國外就好，但是，請注意，很多問題在妳這樣找了資料後，答案就出來了，根本用不著花力氣再去問國外原廠，也省了大半天或可能花上幾天等待原廠回覆的時間。再來，對於我們真的找過，但找不出答案的問題，在妳寫 email 給國外時，除了陳述問題之外，也請提上一筆，說妳有找過了原廠的網站資料或哪一份文件後，但沒有看到這樣訊息，所以要來請原廠協助，提供答案與資訊給妳…

只要我們夠認真，**先求解，再提問，提問時說清楚**，如此一來，我們所呈現出來的，就會是一整個專業、認真的形象呢！共勉之！

PART 3
常見問題篇

話說，我們工作其實就是為了解決問題來著，所以交易成交後，在後續執行上自然會有各式各樣的問題出現，像是貨不來、來了有瑕疵、操作時出現故障，或者是付款未清、要核對帳務等等…

　　所以囉！問題這麼多樣，我們不囉嗦，只要秉持一種原則來處理就好，那就是兵來將擋，泰然應對！提問的一方負責將問題說清楚，回答的一方要盡可能地協助釐清問題，提供最適解決方案，這樣才能讓問題完美解決，化入無形！

貨遲遲不來，開催！

　　貨遲遲不來怎麼辦呢？經銷商等著貨快快到，客戶急著（urgently)要快快用，此時就要主動提醒（remind)，要說明一下態勢，那要怎麼說呢？我們通常會這麼說，會說這麼些內容，就請您往下瞧囉！

　　➢ 動之以情

　　請廠商更新（update）一下最新進度，請其幫個忙，加把勁兒，努力點兒加快進度，不要延期（postpone）出貨。

　　➢ 說之以理

　　要陳述鐵一般的事實，告訴廠商哪一天之前一定得出貨，何時客戶一定要收到貨，若是有簽訂合約的話，則還會有規定（stipulate）交貨驗收的最後期限（deadline)。

　　➢ 威之以勢

　　若是有個合約的最後期限押在那兒，那麼，經銷商在此壓力之下，就得要再說說若沒能在規定的最後期限內交貨，若有違（breach）約情事發生，那就得走上受罰一途，經銷商將會被處以罰

款（**fined**)，會有罰款（**penalty**）產生。若真走到這一步，那不僅僅是廠商、經銷商失了約、失了信，還有金錢損失在後頭等著呢！

MP3 24

1. 客戶急著要貨，請加快生產速度

urgent [`ɝdʒənt] *adj.* 緊急的、急迫的

例 Our customer is in **urgent** need of the following backordered items. Please assist and try to expedite the production.

我們的客戶急需下列這些缺貨待出的品項，請幫忙盡量加快生產的速度。

2. 提醒合約最後期限將至，請廠商更新訂單狀況

remind [rɪ`maɪnd] *v.* 提醒

例 Please be **reminded** that the contract deadline is approaching. We look forward to receiving your update on order status.

在此提醒您合約息⋯⋯狀況，並讓⋯⋯希望能收到單狀況的最新消息⋯⋯ *v.* 更新

例 We haven't received any news about our backorder. Please provide an **update** to us on its progress. We hope to receive the products by the end of next week.

我們尚未收到有關缺貨待出訂單的任何消息，請告知進度的**最新狀況**，我們希望能在下星期結束前收到這些產品。

4. 廠商對延期出貨的狀況致歉，並表示會努力在一定期間內出貨

postpone [post`pon] *v.* 延期

例 We do apologize for **postponing** the shipment. We'll make every effort to ensure the order will be shipped within this month.

真的很抱歉得**延期**出貨，我們會盡一切努力確保此訂單會在這個月之內出貨。

5. 若沒能在規定期限內收貨，即屬違約

~ulate [`stɪpjə,let] *v.* 約定、規定

~~omer doesn't receive the product within the ~~line, there will be a breach of contract.

定的最後期限內收到此產品的話，我們就會

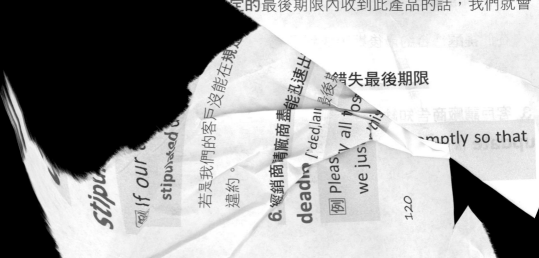

損失最後期限

若是我們的客戶沒能在規定

違約。

6. 經銷商請廠商盡可能迅速出

dead~ [`dɛd,laɪn]

例 Pleas~ all tho~

we jus~ dis~

~mptly so that

120

請盡一切的可能，迅速替我們出貨，這樣我們才不會趕不上交貨的**最後期限**。

7. 若未能符合交貨期限規定，則會造成違約

breach [britʃ] *n.* 違反

例 A **breach** of contract will occur if the agreed delivery deadline is not met.

如果沒有符合約定的交貨最後期限的話，就會造成**違**約。

8. 如未能於要求日前完成合約，經銷商將會被處以罰款

fine [faɪn] *v.* 處以罰款；n. 罰款；*adj.* 美好的、細微的

例 Please try to ship to us no later than Oct. 6th because we'll be **fined** for the delay in completion of the contract.

請盡量在 10 月 6 日前出貨給我們，若是延遲完成合約，我們將會被**處以罰款**。

9. 如無法履約，將有罰款，請盡速確認能否準時出貨

penalty [`pɛn!tɪ] *n.* 罰款、處罰

例 If we are unable to fulfill the contract, we'll be charged a **penalty**. Therefore, please confirm with us asap whether it's possible for you to ship on time.

若是我們無法履約，就會被處以**罰款**，因此，請盡速跟我們確認，是否有可能準時出貨。

penalize [`pin!,aɪz] v. 處罰

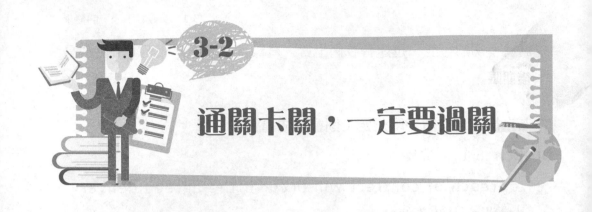

通關卡關，一定要過關

國貿主題介紹

　　有時速速下了單，趕著讓廠商快快出了貨，本該穩當地等著到貨，但還是有可能在最近的地方發生問題－貨都到了當地，奈何卻出現通關遲延（delay)、卡（stuck）關的問題！

　　當通關出了問題，若還在出口國，自然是由出口國處理，若貨物已運抵進口國，那進口方就要動起來，快快處理。一旦有這樣的狀況發生，除了手上忙著處理之外，亦須主動告知交易的對方，發通知（notification）告知，讓他們也知道所出、所來之貨的最新狀況。

　　當一有這樣的問題出現，處理的一方就要先問個清楚，要跟海關（customs）聯絡清關（clearance）事宜，看海關之所以擋下（withhold）來貨的原因為何，有的是貨物在通關審查（inspection）時發現所提資訊或所附資料有少，需補提交'所需資訊與文件，有的是程序上要做像是檢疫（quarantine）或其他檢查後才會放行。若是對溫度敏感的貨物在進口國通關時卡關，進口方就得趕快跟廠商確認貨物應當儲存（store）在何種溫度之下。有通關問題待處理，就會有延遲發生，補件、補程序都要做，箱裡的貨物也要照顧到，讓它不因卡關時間耽擱而壞了品質呢！

1. 廠商收到清關遲延通知，請進口方盡快處理

delay [dɪ`le] *n. v.* 延遲、耽擱

例 I have received this email from FedEx regarding the clearance **delay**. Please keep a close watch to ensure the problem will be solved soon.

我有收到 FedEx 發來有關通關**遲延**的 email，請您密切注意，確保此問題可以很快解決。

2. 廠商提醒進口方有卡關問題，需進口方提供清關指示

stuck [stʌk]（stick 的過去式、過去分詞）*v.* 陷住、被困住、刺、釘住；*n.* 棍、棒、杖

例 We noted that your package is **stuck** at customs and they need clearance instructions from the recipient. If you need anything from me, please let me know.

我們注意到您的包裹**卡**在海關，需要收件人提供清關指示，若您需要我這兒提供任何資訊，還請告知。

3. 快遞告知需檢疫許可方能清關

notification [ˌnotəfə`keʃən] *n.* 通知、通告

例 We checked on the status of the shipment and received the **notification** from FedEx that you need to provide your Quarantine Permit to assist in the clearance.

我們查了出貨狀況，收到了 FedEx 的**通知**，說您需要提供檢疫許可，以利清關。

4. 須與海關聯絡清關事宜

customs [ˈkʌstəmz] *n.* 海關

> 例 You are required to contact your **customs** for the clearance and pay for the duties and taxes.

您須與**海關**聯絡清關事宜，並支付關稅與稅金。

5. 廠商提供出貨文件供清關

clearance [ˈklɪrəns] *n.* 清除

> 例 The shipping documents are attached to this e-mail. Please arrange the custom **clearance** as soon as possible.

此 e-mail 有附上了出貨文件，請盡速安排清關事宜。

通關遲延 clearance delay

6. 廠商提醒海關要求進口方補送所需文件

withhold [wɪðˈhold] *v.* 阻擋、不給、隱瞞

> 例 We're informed that the package is **withheld** by your customs because of lack of proper documentation.

我們收到通知，說此包裹因少附了應附文件而被您們的海關**擋下**。

7. 廠商通知出口需經海關審查

inspection [ɪnˈspɛkʃən] *n.* 檢查、審查、視察

> 例 We're sorry to inform you that the shipment was randomly selected for a customs **inspection** when being cleared for export.

很抱歉要來通知您，這批出貨出口通關時被抽到要做海關**審查**。

8. 廠商得知出貨待進口檢疫檢查後才能清關

quarantine [`kwɔrən,tin] *n. v.* 隔離、檢疫

例 We just tracked the shipment and found that it needs to go through a **quarantine** inspection. If you need any assistance from us, please let us know.

我們剛查了此批出貨，得知它須做**檢疫**檢查，若您需要我們的任何協助，還請告知。

9. 廠商提醒有清關遲延問題，並提醒注意貨物的儲存溫度

store [stor] *v.* 儲存、保管、供應、容納；n. 店、儲藏、（複數）補給品

例 It seems like the shipment is undergoing clearance delay. Could you contact your local FedEx to see what is required to speed up the custom clearance? Please also make sure that the parcel is being **stored** at the appropriate temperature.

此出貨似乎有清關遲延的狀況，您能聯絡一下 FedEx 看有需要什麼來加速清關嗎？也請確認此包裹會**儲存**在適當的溫度之下。

3-3

到貨損壞怎處理？

　　貨清關了，領出了，收到了，打開後卻發現有到貨損壞（**damaged on arrival**）的問題！此時就只能摸摸頭，認了…喔！不是認賠認倒楣喔！而是要把損壞情形認個清楚，好好拿起手機或相機正拍、側拍一番，有圖才好説明真相，再來跟廠商聯絡，寫個圖文並茂的 email，讓廠商與您的認知同步，了解到底是哪裡有瑕疵（**has defects**、**is faulty**），是有明顯可見的（**visible**）損傷嗎？還是有裂痕（**crack**）？有滲漏（**leaking**）的問題嗎？還是發現來貨無法正常作用（**function**）？這些大大小小的問題，收貨方一定要清清楚楚地説明並拍照存證，與廠商、運輸公司一塊兒釐清問題與責任歸屬，確認後，就可提出索賠（**file a claim**），同時也請廠商開始進行後續的處理程序，看是要請其寄來替換品，還是要辦理退貨或退款囉！

1. 貨品在途損壞，請求廠商速速寄出替換品

damage [`dæmɪdʒ] *n. v.* 損害

例 The package was damaged during shipment (photos attached). Please confirm whether you'll send the replacement to us this Friday.

此包裹在出貨途中損壞（照片如附），請確認是否您可在這個星期五寄出替換品給我們。

2. 廠商請客戶發來到貨損壞狀況的照片，另會安排寄出替換品

arrival [ə`raɪv!] *n.* 到貨、到達

例 We've received your e-mail notifying us that the product was damaged upon arrival. Please send me a photograph of the damaged item and then I will arrange to send the replacement to you.

我們收到您的 e-mail 說此產品有到貨損壞的情形，請將損壞品項的照片發給我，我會安排寄替換品給您。

3. 來貨有瑕疵，詢問廠商將會免費替換或退款

defect [dɪ`fɛkt] *n.* 缺點、瑕疵

例 We received the product but found defects on it. Could you replace it free of charge or provide us a full refund? Please advise.

我們收到了產品，但發現有瑕疵，您會免費替換或是全額退款給我們呢？請告知。

4. 廠商會與運輸公司查詢到貨損壞的保險範圍，並安排寄出替換品

faulty [`fɔltɪ] *adj.* 有缺點的、有瑕疵的

例 We're sorry to hear that the product arrives faulty and its cap is damaged. We'll check with FedEx about the coverage and meanwhile arrange to send you a replacement by the end of this week.

很遺憾得知產品到貨時有瑕疵，蓋子有損壞，我們會跟 FedEx 查查保險範圍，同時也會在這星期結束前寄替換品給您。

5. 來貨有明顯瑕疵，送上照片為證，詢問何時可出替換品

visible [`vɪzəb!] *adj.* 可看見的、明顯的

例 The product arrives but has several visible flaws on it. Attached please find its photos. Please let us know asap when you'll send out its replacement to us.

此產品到貨了，但有幾個明顯的瑕疵在上頭，請見照片如附，並請盡快告訴我們何時可出替換品給我們。

6. 來貨有裂痕，詢問廠商替換品能否與一般訂單一併出貨

crack [kræk] *n.* 裂痕、裂縫；*v.* 裂開、爆裂

例 We've received the goods today but found one vial has cracks (photo attached). Please confirm whether you'll arrange a replacement vial to ship out FOC with our normal orders this Friday.

我們已經收到貨了，但其中一瓶有裂痕（照片如附），請確認是否您會安排一瓶免費替換品，隨同我們這星期五的一般訂單出貨一起出。

7. 廠商表示雖貨品蓋子受損，但並無滲漏，產品品質應無虞

leak [lik] *v.* 滲漏、洩漏；n. 裂縫、漏出、漏出物、洩漏

> 例 Sorry to learn that the cap is damaged upon arrival. The product should be still good to use since it is not leaking. If you found any other problems, please just contact me directly.

很遺憾得知到貨時蓋子有損壞，因沒有滲漏，產品應仍完好可用，如果您有其他的問題，再請直接與我聯絡。

8. 來貨損壞，無法運作，詢問廠商如何辦理退貨

function [`fʌŋkʃən] *v.* 運作、起作用；n. 功能、作用

> 例 The product arrived damaged and couldn't function as intended. Please let us have your instructions how we should proceed to return the product to you.

此產品有到貨損壞的問題，無法如預期地運作，請告知我們應如何辦理退貨給您。

9. 廠商表示出貨時貨狀良好，無法對運送損壞負責

file [faɪl] *v.* 提出（申請等）、提起（訴訟等）；n. 檔案

> 例 The kit was in good condition when it left our warehouse and so we are not liable for the transport damage. Please **file** a claim with your carrier.

此組產品離開我們倉庫時的品質是沒問題的，因為這個原因，我們無法對此損壞負責，請向您的運輸業者**提出**索賠。

3-4 還是得退貨

　　廠商出貨有誤、到貨損壞、保固期內產品出狀況，都有可能走上退貨一途！廠商為了不要讓情勢太複雜、難梳理，所以訂出了退貨細則，讓雙方作業上都能有所依循！在客戶點出廠商失誤、要求退貨時，廠商多會先致歉（apologize)，再來就會理智地初步審視，如合乎退貨條件，則會發出 RMA（Return Material Authorization）／退貨授權，要求客戶退貨時列上此 RMA no.，而此授權書上頭也會列出退貨作業該要遵循的重點，例如要求產品以其原（original）包裝箱退回，提醒包裝須經適當（properly）處理。而在退貨的商業發票這份出貨文件上，則會要求在意見欄（section）加註說明，說道「未發生任何銷售或交易，所述價值僅供海關參考之用（purpose)」。而在貨品一退出之後，也當如廠商出貨一般，立刻通知對方提單號碼，好讓廠商能夠監控（monitor）退運狀況。在費用方面，運費的歸屬則是視失誤發生在哪一方，有錯者則須負擔（responsible）運費或處理手續費。若廠商沒有過失，若可接受退貨，有的就會收取一筆重新上架（restocking）費，因為廠商多付出了工與時來處理，有工有時，就有工時的成本呢！

 這樣翻

1. 廠商發來退貨授權書，指示如何辦理退貨

authorization [,ɔθərəˋzeʃən] *n.* 授權、批准

例 Attached is the return **authorization** for the product you will be sending back. The attachment has all the instructions of how to ship back to us.

在此附上您所要退貨的退貨**授權書**，裡頭有關於如何退貨給我們的所有指示訊息。

2. 廠商致歉，請客戶退回出錯的貨，說明立即會補出正確產品

apologize [əˋpɑlə,dʒaɪz] *v.* 道歉

例 I **apologize** for the error on our part. Please return the product to us, and we'll send out the right product to you immediately.

抱歉我們這邊有此失誤，請將此產品退給我們，我們將會立刻寄給您正確的產品。

3. 廠商要求以原包裝退貨，提醒退貨的運送溫度要求

original [əˋrɪdʒən!] *adj.* 原始的、本來的；n. 原版、原物

例 Please send the item back in the **original** box, packed with a minimum of 20lbs dry ice. The product is temperature sensitive and must be shipped at the appropriate temperature.

請將此品項以其**原包裝**箱退回給我們，要放至少 20 磅的乾冰，因為此產品對溫度敏感，須在適當的溫度下運送。

4. 退貨時須在商業發票上加註說明無交易發生，所列價值供海關參考

purpose [ˋpɝpəs] *n.* 目的、用途

例 Please note on CI that "No sale or transaction occurred, value stated is for customs **purposes** only".

請在商業發票上註明「未發生任何銷售或交易，所述價值僅供海關參考之用」。

5. 廠商提醒退貨時要在意見欄中加註說明

section [ˋsɛkʃən] *n.* 區域、部分、部門

例 When processing the return shipment, please make sure to indicate in the comments **section** of the commercial invoice that no sale/transaction has occurred and the value stated is for Customs purposes Only.

當您在處理退貨時，請確認要在商業發票上的意見欄指出並無銷售或交易產生，且所述價值為僅供海關參考之用。

6. 客戶須負擔運費，廠商只就產品部分退款

responsible [rɪˋspɑnsəb!] *adj.* 負有責任的、可靠的

例 You can return the product to us but you would be **responsible** for the shipping charges. We would issue a credit memo for the product only.

您可以退貨給我們，但您須**負擔**運費，另我們只會就產品部份開立貸項通知單。

7. 有適當辦理退貨，則可免費換貨、開折讓單或退款

properly [`prɑpəlɪ] adv. 正確地、適當地

例 For any **properly** returned products, at our discretion, we may replace the products free of charge, issue a product credit or refund for the product value.

我們會斟酌情況，對於有**適當**處理的退貨，我們可免費替換產品，開立產品的折讓，或針對產品價值部分辦理退款。

8. 廠商請客戶以常溫退貨，並請其告知提單號碼供追蹤退貨狀況

monitor [`mɑnətə] v. 監控、監測；n. 監視器、螢幕

例 We do not have any special instruction for you for the return shipment. The kit can be shipped at ambient temperature. Please inform us about the AWB no. in order to **monitor** the status of your shipment.

我們針對退貨沒有任何特別的指示，此產品可在常溫下運送，請告訴我們提單號碼，以**監控**退運狀況。

9. 廠商可接受退貨，相關費用客戶自付，另會收取重新上架費

restock [rɪ`stɑk] v.（為⋯）重新進貨、再儲存

例 You may return the product back to us. There is a 20% **restocking** fee along with any shipping and handling charges.

您可以將此產品退回給我們，除了任何的運費與處理手續費之外，還會收取一筆 **20%**的**重新上架費**。

3-5

保固的期限、範圍與限制不能不知！

國貿主題介紹

　　保固（**warranty**）是購買設備一定要問清楚的事，它也可能是下單前條件商議的要項之一。說到保固，要注意的重點就是時間的長短、範圍的大小、限制的多寡，以及提出要求（**claim**）的程序了。而在這些要點中，保固的範圍與限制通常會連袂出現，且這部分所佔的說明篇幅通常都會長些，所以我們在這就接著來看看這裡頭有甚麼要注意的囉！

　　廠商在陳述保固政策時，會先說到在保固期內廠商應負責的（**liable**）範圍，對於在範圍內的瑕疵或損壞情況，廠商就會進行修理（**repair**）或換貨（**replace**）。當說完這「正向」的作法時，就要來說說「反向」的限制了！在限制裡頭，有好些個不當（**improper**）、不該、不正確的做法，都會讓保固失效（**invalidated**），像是未依指示安裝、意外、使用者疏忽（**negligence**）、疏於保養（**maintenance**），或是任意外接設備等等，一旦使用者出現這些行為，廠商也釐清了問題點，確定問題是出在這些超出保固範圍的失誤時，那就抱歉了，這就不是廠商該負的保固責任，沒得提供免費修理或換貨喔！

1. 告知保固的起算日與期間

warranty [`wɔrəntɪ] *n.* 保固、擔保

例 The product's **warranty** period starts from the date of invoice and it is valid for 2 years.

此產品的**保固**期為自發票日開始，為期 2 年。

warrant [`wɔrənt] v. 保證（貨物的）品質

2. 保固期內發現瑕疵請填表申請，核可後將會辦理換貨

claim [klem] *n.* （根據權利而提出的）要求、權利、主張、索賠；*v.* 要求、聲稱

例 In case of defective items, please fill in this warranty form and we will ship out a replacement once the warranty **claim** has been approved.

若發現有瑕疵品項，請填寫此保固表格，等我們核可此保固**要求**之後，就會寄出替換品。

3. 若連接非原廠所供、所核可的設備而造成損壞，則非廠商責任

liable [`laɪəb!] *adj.* 有義務的、負有法律責任的、易於…的

例 We will not be responsible or **liable** for any damage or loss resulting from the use of product in connection with accessories or peripheral equipment not furnished or approved by us.

對於任何因連接非我們所提供或核可之配件與周邊設備所造成的損壞

或損失，我們將不**負其責**。

liability [ˌlaɪəˈbɪlətɪ] n. 責任、義務、傾向、負債

4. 保固內所做的維修與調整，並不會延長保固期

repair [rɪˈpɛr] n. 修理工作、維修狀況；v. 修理、補救、恢復

例 All **repairs** and adjustments under this warranty will not extend the warranty period.

在此保固內所做的所有**維修**與調整，將不會延長保固期限。

reparation [ˌrɛpəˈreʃən] n. 修理、補償、賠償

5. 保固期內若出現瑕疵，則會進行修理或換貨

replace [rɪˈples] v. 替換、取代

例 If the product is faulty within the 12 month warranty period then we will repair or **replace** it.

若是此產品在 12 個月保固期間內出現瑕疵，我們將會進行修理或**換貨**。

6. 若因不當使用、修改與維護造成瑕疵，則不在保固範圍內

improper [ɪmˈprɑpɚ] adj. 不適當的、不正確的

例 We will not be liable for any defect caused by misuse, modification or **improper** maintenance.

任何因誤用、修改或**不當**維護所造成的瑕疵，皆不在我們的負責範圍之內。

7. 若未依指示安裝，保固將失效

invalidate [ɪn`vælə,det] *v.* 使無效

例 The warranty will be **invalidated** if the products are not installed according to the Instructions for Use.

若是產品沒有依照「使用說明」來安裝，則保固將會**無效**。

8. 若因使用者疏忽造成損壞，則不在保固範圍內

negligence [`nɛglɪdʒəns] *n.* 疏忽

例 The warranty will not cover the damage or defect caused by any **negligence** of the user.

此保固範圍不包含因使用者**疏忽**所導致的損壞或瑕疵。

neglect [nɪg`lɛkt] n. v. 疏忽

9. 若因未正確保養、誤用或意外而造成損壞，將不在保固範圍內

maintenance [`mentənəns] *n.* 維修保養

例 Our warranty policy does not cover any damages caused by lack of correct **maintenance**, misuse, or accident.

我們的保固政策不包括因未做正確**維修保養**、誤用或意外所造成的任何損壞。

maintain [men`ten] v.

3-6 啟動故障排除程序

　　當客戶使用產品時有了狀況、發現故障，自個兒一時解決不了時，就會尋求支援，請廠商的技術部門幫忙排解問題，而問題的描述與說明清楚與否，就攸關排解的效率與成果了！不清不楚的問題陳述，雖廠商有真心要協助，卻也可能落得客戶心生怨懟！為了避免這種問題說不清楚的狀況，廠商就乾脆自己來提問，將該要的檢查步驟與結果列在「故障排除（**troubleshooting**）表」裡，請客戶仔細填表，將問題清楚寫出，如此方能有助於廠商提供完善又徹底的（**thorough**）技術支援，協助使用者執行（**carry out**）故障排除程序。

　　除了客戶填寫「故障排除表」以反映問題之外，有的廠商也會就常見的故障提供速戰速決的好辦法，提供好查好用的「故障排除指南」，將該怎麼做的提點（**tips**）、技巧與程序（**procedures**），通通一併列在裡頭，協助使用者加快（**speed up**）故障排除的過程，迅速取得最佳的建議做法（**course of action**），解決（**resolve**）問題，找出辦法（**solution**）！

1. 請客戶填寫故障排除表格，以利廠商清楚瞭解問題何在

troubleshooting [trʌb! ʃutɪŋ] *n.* 故障排除、問題解決

例 Attached please see the **troubleshooting** form. If you could please have the customer fill this out, so we can get a better sense of their problems.

請見**故障排除**表格如附，若您能請客戶填寫，我們就可對其問題瞭解得更清楚。

2. 廠商請客戶仔細填表，此有助於提供完善的技術支援

thorough [`θɝo] *adj.* 徹底的、完全的、完善的、詳盡的

例 In order to expedite the troubleshooting process and allow us to provide **thorough** technical support, please fill out the troubleshooting form to the best of your ability.

為了加快故障排除的過程，好讓我們可提供**完善的**技術支援，請盡可能地詳細填寫故障排除表格。

3. 廠商請使用者先移除損壞零件，再執行進一步的故障排除程序

carry out 執行、實行、完成

例 If the instrument is damaged, the damaged parts should be identified and replaced before any further troubleshooting is **carried out**.

若此儀器有損壞狀況，在**執行**任何進一步的故障排除動作之前，應先找出並替換掉損壞的零件。

4. 提供故障排除的提點與技巧，讓使用者對產品有更多的瞭解

tip [tɪp] *n.* 指點、提示、尖端、小費、傾斜；*v.* 輕擊、給…小費、洩漏

例 Please follow the link below to view the troubleshooting **tips** and techniques on how to get the best from our products.

請點入如下連結看一下故障排除的**提點**與技巧，看是如何讓我們的產品能夠發揮最大的效能。

5. 故障排除指南裡有詳細的故障排除資訊與程序

procedure [prəˈsidʒɚ] *n.* 程序

例 The Troubleshooting Guide can direct you to detailed troubleshooting information and **procedures** to solve your problems.

此「故障排除指南」可引導您找到詳細的故障排除資訊與**程序**，以解決您的問題。

proceed [prəˈsid]] v. 進行

6. 可將故障排除指南轉給使用者，加快其問題解決的速度

speed [spid] *v.* 加速、促進、快速傳送；*n.* 速度、迅速

例 You can pass this troubleshooting guide along to any customers having problems with our products, as the information on there can help **speed up** the troubleshooting process.

您可以將這份故障排除指南轉給任何使用我們產品遇到問題的客戶，裡頭的資訊可幫助客戶**加快**故障排除的過程。

7. 故障排除指南裡有可解決問題的最佳建議做法

course [kors] *n.* 方針、做法、路線、進程、課程

例 You can find out the best **course of action** in our Troubleshooting Guide to solve the problems you encountered.

您可以在我們的「故障排除指南」裡找到最佳的**做法**，以解決您所遇到的問題。

8. 廠商請客戶填寫故障排除表格，以協助廠商解決問題

resolve [rɪ`zalv] *v.* 解決、解答、決心、分解；*n.* 決心

例 I am sorry to hear that you are having problems with the product. Please fill out the attached troubleshooting form. This will help us in **resolving** the problem that you are facing.

很遺憾聽到您使用此產品時發生了問題，請您填寫附件的故障排除表格，這可協助我們**解決**您所面臨的問題。

9. 提供產品相關原理的資料，以協助客戶取得排除故障的辦法

solution [sə`luʃən] *n.* 解決辦法、溶解、溶液

例 Knowing the principles will provide you with valuable troubleshooting **solutions**. Please click here to view the full article.

瞭解這些原理將會讓您得到有用的故障排除**辦法**，請由此點入以查看全文。

solve [salv] *v.* 解決、解答、溶解

3-7 產品的儲存狀況好，可保效期內品質穩當

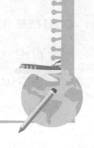

國貿主題介紹

　　客戶收了貨之後，若一切都無問題，那就要先好好儲存著，待得使用那一天，便可享受產品所帶來的預期效能。幾乎每項產品都有其有效期、保存期限（**shelf life**），也多會有建議的適當（**advisable**）儲存方式，以能產品與其內含組件與成分（**component**）直到效期（**expiry date**）屆滿時，都還能有確保的產品效能（**performance**)。

　　對於任何會影響產品品質的外在因素，儲存時當然要一一避開，例如高溫、低溫、直射日光，或任何汙染源，而這些儲存條件的禁令與要件，多會在產品說明書上娓娓道來，請客戶遵照指示，儲存並維持（**maintain**）於理想的（**ideal**）、正確的（**proper**）環境之中。反之，若是廠商雖有指示，但客戶並未好好依從，那麼產品的有效性與效期則不免會限縮，而折損的程度則要視儲存狀況而定（**depend** on)了！

1. 儲存於陰涼處，則效期可達 6 個月

shelf life [ʃɛlf laɪf] *n.* 有效期、保存期限

例 The **shelf life** is 6 months in unopened packaging in a cool storage place at temperature between 5°C and 25°C.

未開封且儲存於 5°C 到 25°C 陰涼處的**效期**為 6 個月。

2. 產品不耐高溫，建議儲存於陰涼狀態

advisable [əd`vaɪzəb!] *adj.* 適當的、明智的

例 It is **advisable** to store the product in cool conditions because the product is heat sensitive.

因為此產品對高溫敏感，**最好**是將其儲存於陰涼狀態。

3. 產品各個成分的儲存方式不盡相同

component [kəm`ponənt] *n.* 成分、零件

例 Upon arrival, please store **components** of the kit immediately at their recommended temperatures up to the expiration date.

到貨後，請立即將此組產品的各個**成分**儲存於建議的溫度之下，直到效期屆滿時。

4. 效期為出貨後 2 年或至有效日期，以較早者為準

expiry [ɪk`spaɪrɪ] *n.* 期滿

= expiration [ˌɛkspə`reʃən]

例 We guarantee the performance of this product for 2 years from the date of receipt, or until the **expiry** date, whichever occurs first.

我們保證此產品的效能可至收貨後 2 年或至**效期屆滿**時，以較早者為準。

5. 儲存狀況是確保產品效能的根本要件

performance [pɚˋfɔrməns] *n.* 性能、表現、表演、績效

例 Storage conditions are very essential to ensure product **performance** by keeping away from pollutants.

儲存狀況對於確保產品**效能**很重要，須不使其接觸到汙染源。

performance appraisal 績效評估

sales performance 業績表現

6. 說明適當的儲存溫度，過高與過低皆不宜

maintain [menˋten] *v.*

例 The storage temperature should be maintained below 25° C, however below 15° C extra care should be taken to avoid distortion.

儲存溫度應**維持**在 25° C 以下，但若低於 15° C，則應額外照料，以避免變形。

maintenance [ˋmentənəns] n. 保養維修、維持

7. 在理想的儲存條件之下，效期可達 5 年

ideal [aɪ`diəl] *adj.* 理想的、非常合適的；*n.* 理想、完美典型

例 Shelf life of up to 5 years is possible by observing **ideal** storage conditions.

遵守**理想的**儲存條件要求，則效期可能可以達 5 年之久。

ideal temperature 理想溫度

ideal humidity 理想濕度

8. 依照說明書指示來儲存，保證 1 年有效

proper [`prɑpɚ] *adj.* 適當的、正確的

例 The 1-year shelf life guarantee is dependent upon **proper** storage and handling as instructed on our product data sheets.

此 1 年效期的保證，端視是否有依我們產品說明書所指示的**正確**儲存與處理而定。

9. 產品的效期視儲存狀況而定

depend [dɪ`pɛnd] *v.* 依…而定、取決於、依賴、信賴

例 The expiry date of the products essentially **depends on** storage conditions.

這些產品的效期主要是**視**儲存狀況**而定**。

dependent [dɪ`pɛndənt] adj. 取決於…的、依賴的

❓ 國貿人提問：怎麼連專業的技術問題都要我處理啊？

您好，我的工作要跟瑞典自動化設備原廠聯繫，也要在公司內部的系統輸入訂單、建立客戶資料，還要做會議紀錄⋯真的是所有業務祕書跟行政助理的工作通通都要做！這些我都認了，因為最初來面試這工作時，確實有說這個職位是要兼做英文祕書與行政助理的工作，因為我是想要找英文祕書的工作，既然這家公司要求也配著做助理的工作，那我只好就這麼接受了！但是～～過份的事情來了，我們部門有來個技術支援專員，他的專業背景強，但英文不夠好，所以我的主管就說之後與原廠技術問題的連繫工作也由我負責！太～過～分～了～啊～ 那些專業的技術問題，我又不懂，我也不可能寫得清楚啊！可是，我的主管完全不是要問我願不願意接這工作，他就直接指派給我耶～ 請問 Amy，我主管這要求是不是很誇張，還是⋯大部分的英文祕書連技術問題也都要負責處理？還請您告訴我一下，也請跟我說說我應該怎麼看待這事情，謝謝！

多了工作不開心，因為可能無法勝任新工作而更不開心的 Nina

國貿經驗分享

親愛的 Nina，妳好！工作還真的都是愈做愈多，也實在容易讓人愈做愈累呢！先回一下妳所問是否英文業務祕書要負責技術問題這事，是的，這是真的，一定嗎？不一定，但常見呢！

那既然從根本面避不掉，我們就得開始轉而來想想：**既然要做，那要怎樣才能讓自己做得好？**首先，若我們對

產品的專業程度還不足，那我們就要尋求外援，外援的第一關不是人！呵呵，這不是在罵人，我的意思是說**我們首要的求救對象是資料，是文件**，還不用到找人的階段。與產品有關的資料包括像是說明書、操作手冊等，視各種不同產品而定，請妳找出來，或是請技術支援部提供一份主力產品的相關資料給妳，拿到後，就請慢慢來看，讀的時候請**特別注意步驟說明裡的名詞與動詞，名詞是專業人員說順但我們不熟的地方，而動詞是寫技術問題時最會卡住的地方**…妳之後會發現，大家用中文說到操作方式的動作時，常常是道地到不行，我們可以確認的一點就是，那動作的英文一定不是從這樣的中文直接來翻，但我們又沒頭緒該怎麼來導正啊？這時候，直接找資料來看看相關操作到底怎麼描述才最實在！

　　若是聽了業務或技術人員描述了問題，但我們一點都聽不懂，或是不知道該怎麼下筆來寫先後、說邏輯，這時外援第二關就要出場了！是的，確實就是人！**請直接回問，請對方再次述說問題**，這時請同時在腦中直接**翻譯，有卡住時，馬上再問清，再來默翻，一定要在當下將初步的所有疑惑都問清**，這樣就可以省去妳動手寫 email 時的遲疑、煩心與不開心了呢！

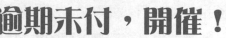

3-8

逾期未付，開催！

國貿主題介紹

　　付款條件如為出貨後付款，或是發票日後 30 天之類的規定的話，自然就會有發票的到期日…既然有設定了到期日，若能在期限內付款的話，一切都會很美好，客戶端要做的工作就是好整以暇、整理好資料，通知廠商的應收（**receivable**）帳款部門，説已於某日清償了哪些貨款。

　　但若是沒在期限內付款，那可就一翻兩瞪眼，就是逾期了！如果有這種狀況出現，那催收（**collection**）email 就會整裝待發，有的是廠商的系統所設定的自動催款，一逾期馬上 e-mail 起飛開催！或者是催收人員親自寫來曉以大義的 email，或發來對帳單（**statement**），告訴您哪些發票已超過到期日（**due**）、已逾期（**overdue**）幾天，敦促您立即（**prompt**）處理、盡速付清（**settle**）所有帳上未清償的（**outstanding**）餘額（**balance**)，必定要將帳誤理得一乾二淨，掃除逾期！

1. 廠商請客戶匯款後將明細發至其應收帳款部門

receivable [rɪ`sivəb!] *n.* 應收帳款

例 Please send your remittance advices to our Accounts **Receivable** to allow payments received to be accurately allocated.

請將您的匯款通知發給我們的**應收**帳款部門，這樣才能讓收到的貨款正確地入帳。

（比較）payable [`peəb!] n. 應付帳款

2. 廠商通知逾期未付狀況，促請盡速付款

collection [kə`lɛkʃən] 收集、收藏品、一批、募集的錢

例 Invoice # 0608, in the amount of $900.00 (USD), has fallen past due more than 30 days. Please settle asap to avoid further **collection** action or a credit hold on the account.

金額為 900 美金的這張發票 # 0608 已逾期 30 天了，請盡速付清，以避免之後的**催收**動作或是帳戶信用凍結。

3. 廠商發對帳單給客戶，問逾期貨款何時可清償

statement [`stetmənt] *n.* 陳述、對帳單、聲明函

例 Please find enclosed the latest **statement** as of today. Kindly advice when we can expect payment of the overdue invoices.

請見記錄至今日的最新**對帳單**如附，請告訴我們何時可收到逾期發票的貨款。

4. 廠商通知客戶逾期天數，提醒更新銀行帳戶資料

due [dju] *adj.* 應支付的、到期的；n. 應付款

例 Your invoice # 0304 attached is 25 days past **due**. Please remit payment using our attached new banking instructions.

在此附上的您這張 # 0304 發票已逾期 25 天了，請以我們所附的新銀行帳戶指示來安排匯款。

5. 廠商發出發票逾期通知，請客戶確認收悉，促請盡速付款

overdue [`ovə`dju] *adj.* 過期的、逾期未付的

例 Our records indicate the attached invoice is past due. Please arrange for payment asap. It is very important that you acknowledge receipt of this email immediately and arrange for prompt payment of this **overdue** amount.

我們的記錄顯示附件的發票已逾期了，請盡速付款。請務必立即確認您有收到此 email，並馬上支付此逾期金額。

6. 廠商發來逾期發票，懇請盡速付款

prompt [prɑmpt] *adj.* 及時的、迅速的；v. 提示、促使

例 Attached is the overdue Invoice # 0608 for your payment reference. Your **prompt** attention is appreciated.

在此附上# 0608 這張逾期發票，以做為您付款的參考，您若能立即處理，我們將十分感激。

7. 廠商通知逾期天數，請客戶即刻付清

settle [`sɛt!] *v.* 支付、結算、安排、解決（問題等）

例 Please **settle** the accounts immediately as they are 4 weeks overdue.

請立即付清所有款項，因已逾期 4 個星期了。

settlement [`sɛt!mənt] n.

8. 廠商通知客戶仍有訂單的帳款未清，請即付款

outstanding [`aʊt`stændɪŋ] *adj.* 未償付的、傑出的；*n.* 未清帳款

例 Our records show an **outstanding** balance for your Purchase Order # 0925. Please arrange the payment asap.

我們的紀錄顯示您 # 0925 這張採購單還有未清餘額，請盡速安排付款。

9. 廠商要求客戶提供逾期餘額的付款明細

balance [`bæləns] *n.* 結餘、平衡、均衡；*v.* 平衡、抵銷

例 Please provide payment details for the following overdue **balance**. We look forward to your reply.

請提供下列逾期餘額的付款明細，期待您的答覆。

3-9

稽核對帳，開工！

　　若是您收到與廠商配合的稽核員發來 email 或信件，請一點兒都不用自個兒心裡著急，急著還有逾期的應付帳款還沒付，因為，稽核員會要出動的唯一目的就是稽核（audit），要做的唯一工作就是核對帳目這類財務（financial）報表了，所以，這事兒就這麼簡單，就是為了稽核（verification）證實之用！不過，事情邏輯雖簡單，但一核起帳來，可也要好一會兒功夫呢！

　　稽核的作業會怎麼進行呢？首先，廠商或其稽核員會發來記錄至某日的對帳單或列出該日帳上餘額的信件〔該日之後的付款並不會反映（reflect）在餘額裡〕，請客戶證實是否該餘額與其應付帳款記錄相符（match)，若是，事情就真的簡單了，只須在對帳單或文件上所指明的空位處簽名、蓋章（stamp），然後再寄回即可。但若是將廠商所列餘額與客戶的記錄相比較（compare）之後，發現並不一致，有差異（difference）存在，那就得要點出此差異，並提供能說明、調和（reconcile）此差異的任何資訊了！

94這樣翻

1. 請求客戶協助廠商年終稽核，確認帳上餘額

audit [`ɔdɪt] *n. v.* 稽核、查帳

例 For year-end **audit**, we need to obtain your confirmation of the balance(s) on your account in our books at 31 Dec. 2017.

為了要做年終**稽核**，對於我們 2017 年 12 月 31 日帳上您帳戶的餘額，我們需要有您的確認。

auditor [`ɔdɪtɚ] n. 稽核員、查帳員

2. 廠商請客戶直接與稽核員確認帳上餘額的正確性

financial [faɪ`nænʃəl] *adj.* 財務的、金融的

例 Our auditors are auditing our **financial** statement and wish to obtain direct confirmation of amount shown below as of Dec. 31, 2017.

我們的稽核員現正在稽核我們的**財務**報表，希望能直接得到您的確認，證明如下所示至 2017 年 12 月 31 日的金額無誤。

financial institution 金融機構

3. 廠商發來對帳單供稽核之用

verification [ˌvɛrɪfɪ`keʃən] *n.* 核實、證實

例 This statement is not a request for payment but for audit / **verification** purposes only.

此對帳單並非是要來要求您付款，而是僅供稽核／**證實**之用。

4. 廠商提醒在期末之後的付款並不會反映在期末餘額裡

reflect [rɪ`flɛkt] *v.* 反映、表現、反射

例 Please note that payment received after Dec. 31, 2017, is not **reflected** in the balance.

請注意於 2017 年 12 月 31 日之後的付款並不會**反映**在此餘額裡。

reflection [rɪ`flɛkʃən] n. 反映、反射、深思

5. 廠商發來對帳單，請客戶核對與其應付帳款記錄相符否

match [mætʃ] *v.* 使相配、比得上；*n.* 比賽、火柴

例 Please review the attached statement and verify whether this **matches** your Accounts Payable records as of 10/31/17.

請查看附件的對帳單，並請證實是否此資料與您於 10/31/17 的應付帳款記錄**相符**。

6. 廠商請客戶在稽核的對帳單上簽名、蓋章並寄回

stamp [stæmp] *v.* 蓋章於、跺腳；圖章、郵票、跺腳

例 Please sign and **stamp** this statement in the space indicated and mail it directly to our Auditors.

請在此對帳單上指出的空位處簽名並**蓋章**後，直接郵寄給我們的稽核員。

7. 廠商請客戶核對對帳資料，標出差異處

compare [kəm`pɛr] *v.* 比較

例 Please **compare** the listed amounts with your records and note the details of differences, if any.

請將所列的金額與您的記錄**比較**一下，若有任何差異處，再請註明。

comparison [kəm`pærəsn] n. 比較

comparable [`kɑmpərəb!] adj.可比較的、差不多的、比得上的

comparative [kəm`pærətɪv] adj. 比較的、相比的、相對的

8. 如對帳資料有差異，請客戶直接將相關明細發給稽核員

difference [`dɪfərəns] *n*. 差別；差異

例 If the balance isn't in agreement with your records, please write directly to our Auditors giving full details of the **differences**.

若是此餘額與您的記錄不一致，請直接寫信告訴給我們的稽核員，並請提出此**差異**的所有明細資料。

differ [`dɪfə] v.

different [`dɪfərənt] adj.

differential [,dɪfə`rɛnʃəl] adj. 依差別而定的；n.（數量、價值或比率的）差別

9. 廠商請客戶針對差異處提出相關資料，以調和差異

reconcile [`rɛkənsaɪl] *v.* 調和、使一致、使和解

例 If there are any differences, please provide any information that will assist our auditors in **reconciling** the differences.

若有差異，請提出可協助我們稽核員**調和**此差異的任何資訊。

reconciliation [rɛkən,sɪlɪ`eʃən] n.

❓ 國貿人提問：轉達會計問題，轉得我好累…

　　雖然說不能老是將事情推到別人身上，但我真的是覺得我們公司會計部有問題耶！事情是這樣的…我是部門的業務祕書，所有業務上要跟國外廠商反映的事都是我的事，國外催款或發來對帳單的事，也都要經我的手，再轉給會計部處理，可是他們什麼都不先查，像是國外發來對帳單資料，我請他們處理，結果他們還給我的是我們會計部門自己列的對帳單，還說：「資料都在上頭了，就這樣！」就～這～樣～耶！啊是要我怎樣？先前有一次我把會計部給我的資料直接轉給國外，結果害我被國外唸，要求我們照他們的對帳單來回覆說明。我有跟會計部反映，結果他們居然說我們自己的對帳單資料別家廠商可以接受，為什麼我就這麼麻煩，要我再去跟廠商說請他們看我們的資料來對照就好！我…我…我真的是又氣又不知道該怎麼改變這種狀況！請 Amy 告訴我方法，看能不能幫我解套，或者至少讓我冷靜！！！！謝謝！

有氣無處發但又知道不該繼續這樣氣的 Ruby

國貿經驗分享

　　親愛的 Ruby，妳好！我完全可以理解妳所氣為何，記得當年我的主管也要求我動手查對帳單上幾筆呆翻的呆帳，他給我的最明確的指示就是：五年內的傳真往來紀錄都在地下室左邊那一區…是滴！就這樣！

　　會計部不依照國外的對帳單表列來回應，有個可能原因是他們覺得好幾筆付完款了，要再核對就覺得麻煩。這

是因為兩邊的資料更新日不同，所以，會計部乾脆就丟

給妳公司的對帳單資料，此時，**妳可再跟會計部多要個帳款匯出明細資料，將這兩份資料一起轉給國外**，並在 email 內文多做些說明，像是妳所附的是哪些資料，哪個日期的資料，請國外更新他們的帳務紀錄，如果還有逾期未付或有問題的 Invoices，再請國外告知，我們會再查再回覆…妳覺得為什麼要多說這麼多？其實，**很多時候事情會發生狀況，就只是雙方所認知與所得到的資訊並沒有同步，所以請盡情陳述妳所想到的及妳所希望對方做的，讓邏輯說話**，當國外看了妳合乎邏輯的說明，以及妳想說明清楚的這份認真，通常國外就會以合乎妳預期的方式來回覆妳了！

再說回能否請妳公司的會計部怎麼配合這事，妳可以先查個幾筆妳知道的付款紀錄，接著再來去找會計部，說明一下狀況，請會計部在對帳單上像妳這樣將資訊填上…我們其實都不喜歡別人什麼都不做，就把工作丟給我們，所以，**對於任何一項工作，我們或許無法要求得了別人，但我們可以要求自己就先動手處理一下，有需要別人再加著配合的地方，就明確、有禮地說明白**。這樣的方式，是讓我們能好好做事，也是讓我們把事情做好的方法呢！共勉之！

PART 4
必備文件篇

在賣方辦理出貨時，會依照外貿規範來備置一套必要的出貨文件，這套文件包含了外貿的根本要點，也是要擁有外貿專業的人所需的必要知識！

　　有時所訂貨品在出口、進口之際，還須另外申請官方的許可與證明，這是屬於進階知識的範疇，通了、會了之後絕對會有成就感自心底油然而生！而除了這些出貨相關文件之外，我們還會接觸到產品的技術文件，這與我們也有很大的干係，因為這些是我們練就高深專業武功的秘笈呢！

4-1 出貨文件說分明

國貿主題介紹

　　出貨文件要說簡單其實也真是簡單，不外就是提單〔（空運：**Air Waybill**（**AWB**）；海運：**Bill of Lading**（**B/L)**〕、商業發票（**Commercial** Invoice)，以及裝箱單（**Packing Slip**）…那…那還有什麼好說的呢？是啊！其實也沒那麼簡單，所以才更值得說說呢！

　　貿易產品的種類那麼多，所牽涉到的規範與規定自然也少不了，因此，為了要進出口、為了要通關，也就會需要許多不同的文件（**documentation)**。有些產品在出口國得申請出口許可（**permit**）才能出得了海關，而在進口收貨人（**consignee**）這一方，除了上述的一套出口文件之外，如有其他須備齊的文件，就得事先跟廠商要求，有的是需要廠商出具聲明（**declaration**），或者須廠商跟其政府主管機關要求出具各種不同的證明（**certificate)**，而這些文件好不容易申請來了，出口時當然要隨貨附上（**enclose**），一份都不能少，才能確保貨品能安然渡過出口海關與進口海關，完成運輸大業！

1. 危險貨品須以單獨提單出貨

waybill [`we,bɪl] *n.* 運貨單

例 This item is considered a dangerous good. It would require shipping on its own **air waybill** and would have extra shipping charges as well.

此品項屬於危險貨品，需要以其單獨一張空運**提單**來出貨，如此也會產生額外的運費。

Master Air Waybill 空運主提單

House Air Waybill 空運分提單

2. 通知出貨安排，送上商業發票

commercial [kə`mɝʃəl] *adj.* 商業的

例 Items below are scheduled to be shipped out today. Attached please find the **commercial invoice** you requested.

下列品項會安排今天出貨，在此附上您所要求的**商業**發票。

commerce [`kɑmɝs] n. 商業

3. 通知出貨明細，送上裝箱單與兩種發票

slip [slɪp] *n.* 紙條、片條；*v.* 滑動

例 Please see below for your shipment confirmation and the attached for the packing **slip**, commercial and standard invoice.

請見出貨確認訊息如下，在此也附上裝箱**單**、商業發票與標準發票。

4. 廠商與客戶確認需要哪些出貨文件以供清關

documentation [ˌdɑkjəmɛnˋteʃən] *n.* （總稱）文件

> 例 Please inform us as to whether you require the following **documentation** before we ship your items, or any other **documentation** required but not listed here. This will ensure that your shipment will clear customs efficiently.

請告知是否您在我們出貨前需要下列**文件**，或是需要沒列在此的其他**文件**，這可確保出貨能夠有效清關。

document [ˋdɑkjəmənt] n. 文件、證件

documentation fee / charge 文件費

5. 廠商要求須收到客戶發來進口許可後，再處理訂單

permit [pɚˋmɪt] *v.* 允許、准許；[ˋpɝmɪt] *n.* 許可證、執照

> 例 Import **Permits**, if required, will need to be sent separately and we will not go ahead with authorization of order until it is received.

如進口**許可**是有需要的，請另外發給我們，我們在收到後才會核准訂單。

Export Permit 出口許可證

6. 收貨方須提供進口許可及其它應提供的文件

consignee [ˌkɑnsaɪˋni] *n.* 收貨人、承銷人

> 例 It is the customer's responsibility to submit import permit and any paperwork needed from the **consignee**.

客戶須負責提供進口許可以及**收貨方**所需提出的任何文件。

7. 廠商請客戶告知是否需要任何證明或聲明

declaration [ˌdɛkləˈreʃən] *n.*（納稅品等的）申報、宣告、聲明

> 例 If you need any other documents such as a certificate of origin or an exporter's **declaration** to get the package through customs, please let us know.

若您通關需要任何其他的文件，例如產地證明或出口人**聲明**，就請告訴我們。

customs declaration 海關申報表

8. 廠商通知出貨時會附上所需文件，並先行提供健康證明

certificate [səˈtɪfəkɪt] *n.* 證明書、執照；[səˈtɪfəˌket] *v.* 發證書證明

> 例 I will be sure to enclose all necessary paperwork when shipping. I have also included in the e-mail a copy of our approved Health **Certificate** for your records.

出貨時我會確實附上所有需要的文件，在此 e-mail 我也附上我們取得核可的健康**證明**，供您留存。

Certificate of Free Sale 自由銷售證明

Sanitary Certificate 衛生證明

9. 廠商通知出貨，送上已付款的發票

enclose [ɪnˈkloz] *v.* 附上、圍住

> 例 We are pleased to inform you that your order has been delivered by FedEx. I have **enclosed** its Invoice (paid) for your record.

我們很高興地要來通知您，您的訂單已安排經由 FedEx 出貨了，在此**附上**其發票（已付款）供您留存。

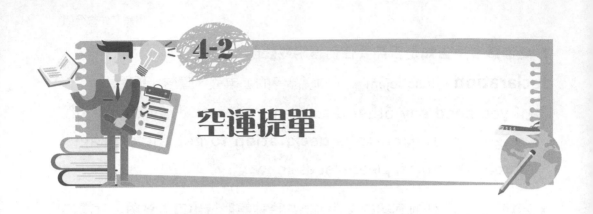

4-2 空運提單

🔍 國貿主題介紹

　　廠商安排空運出貨後，客戶所關心的追蹤號碼有兩個，一個是空運主提單（**Master** Air Waybill / **Master** AWB / MAWB）號碼，此單為由航空公司所出具，裡頭包含了多件貨運承攬公司受託的集裝貨物，另一個號碼則是空運分提單（**House** Air Waybill / **House** AWB / HAWB）的號碼，此單是由貨運承攬公司所出具，具有單一性，每件集裝貨物都有一個專屬於它的分提單單號。空運提單是個大單，在此向您介紹這不可轉讓（**negotiable**）的單據內容主要有哪些類別、欄位囉：

　　1. 相關人和飛行路線：Shipper's & Consignee's Name and Address 出貨人與收貨人名稱與地址、Issuing **Carrier's Agent** Name and City 開立提單之航空運輸公司代理之名稱與所在城市。Airport of **Departure** and Requested Routing 出發機場與要求路線、Requested Flight / Date 要求之航班／日期

　　2. 貨物資訊和計價資訊：No. of Pieces RCP（Rate Combination Point）運價點件數、Gross Weight 毛重、Commodity Item No 貨品型號、**Nature** and Quantity of Goods（incl. **Dimensions** or

Volume）貨物品名與數量（包含尺寸或體積）。Currency 幣別、Rate Class 運費費率等級、Rate / Charge 運費費率、Weight Charge 計費重量、Prepaid / Collect 預付／到付、Declared Value for Carriage 運送申報價值、Declared Value for Customs 海關申報價值、Amount of **Insurance** 保險金額

1. 航空公司正製作主提單，廠商告知客戶會再告知消息

master [`mæstɚ] *adj.* 主要的、總的；*n.* 主人、大師、碩士

例 The **Master** Air Waybill is currently being generated. As soon as I have the information, I will forward it to you immediately.

主提單現正在製作中，等我一收到訊息，我會就立刻轉給您。

2. 分提單是貨代依出貨人的指示所出具

house [haʊs] *n.* 機構、商號、房子；*v.* 給…提供住所

例 The **House** Air Waybill is issued by the freight forwarders as per the shipper's instructions

這份**分**提單是依照出貨人的指示，由貨代所出具的。

3. 海運或空運的提單為不得轉讓的的單據

negotiable [nɪ`goʃɪəb!] *adj.* 可轉讓的、可談判的、可商量的

例 The carrier will issue sea or air waybills and these receipts are non-**negotiable**.

運輸公司會出具海運或空運的提單，這些收據會是不得**轉讓**的。

4. 廠商告知出口前會確認品質無瑕，到貨如有瑕疵則屬運輸業者之責

carrier [`kærɪə] *n.* 運送人、運輸業者

例 Overseas shipments will be checked for faults before departing our country so any faulty goods on arrival will be the responsibility of the **carrier**.

出口貨物在離開我們國家前，我們都會檢查有無瑕疵，因此，到貨時若有任何瑕疵，則為**運輸業者**的責任。

5. 到貨時會告知通知方，客戶可指定以其代理人或貨代為通知方

agent [`edʒənt] *n.* 代理商、代理人

例 If you specify your **agent** or forwarder as the notify party on the Bill of Lading, they will be notified of the incoming shipment and will do the things necessary to clear the goods from Customs.

如果您在海運提單上指定您的**代理人**或貨代為通知方，則他們在貨要到時就會收到通知，也會辦理清關的所需作業。

6. 在出發機場到目的地機場的途中，貨物因運輸公司疏忽而損壞

departure [dɪ`pɑrtʃə] *n.* 出發、啟程、偏移

例 The consignment was damaged by the negligence of the carrier on the way from the airport of **departure** to the airport of destination.

這批貨因為運輸公司的疏忽，在**出發**機場到目的地機場途中受到損壞。

7. 貨品敘述須具體說明貨物的本質

nature [`netʃɚ] *n.* 性質、本質、自然

> 例 Please provide the description of the goods in sufficient detail to clearly indicate the **nature** of the goods and it shouldn't be vague or general, e.g. components.

請提供詳細的貨品敘述，以能清楚說明貨物的**本質**，不應該用模糊或一般的敘述，例如組件。

8. 廠商通知訂單出貨的箱數與尺寸大小

dimension [dɪ`mɛnʃən] *n.*尺寸、大小

> 例 We could arrange to make a single box shipment for the ordered spare parts, whose **dimensions** will be 15.5" x 15.5" x 15.5".

對於您所訂的零件，我們可安排裝成一箱來出貨，**尺寸大小**將會是 15.5 x 15.5 x 15.5 吋。

9. 運費包含在途遺失或損壞的基本保險，可另加價增加保險額度

insurance [ɪn`ʃʊrəns] *n.* 保險、保險金額、保險費

> 例 International shipping rates include a basic **insurance** of $100 against loss or damage in transit. If you wish to increase the insurance value, we could arrange for you at an extra charge.

國際運費包含了在途遺失或損壞的 100 美元基本**保險**，若是您想要增加保險額度，我們可為您安排，會額外收費。

海運提單

國貿主題介紹

　　海運提單的名稱是「**Bill of Lading**」，是裝船的（lading）清單（bill)，是廠商出貨時所填的單據，通常是由貨運承攬業者提供，為廠商與貨運承攬業者之間對託運貨物所立的合約，記載相關的權利義務，為貨權的憑證。在發貨人向收貨人發送的裝船通知（**Shipment Advice**）上，要列明的也就是提單號碼及船名囉！海運提單上頭的欄位與項次也不少，我們這就來看個仔細囉！

　　1. 相關人：Shipper 托運人、Consignee 收貨人、**Notify** party 通知方

　　2. 船名與船行資訊：Name of **Vessel** 船名、Place of Receipt 接貨地、**Port** of Loading 裝貨港、Port of **Discharge** 卸貨港、Place of Delivery 交貨地

　　3. 貨物資訊：Description of Goods 貨名、Number and Kind of Package 包裝件數和種類、Shipping **Marks** 嘜頭、Gross Weight 毛重、Measurement 尺碼

　　4. 計價資訊：Freight and Charges 運費與費用（Freight Prepaid

預付或 Freight Collect 到付)、Temperature Control Instructions 溫度指示、Place and Date of Issue, Number of Original B(s)/L 提單的簽發地點、日期,及正本份數(如一式三份,多數國家使用 First / Second / Third Original 來表示第一／二／三聯,有的國家則是用 Original、**Duplicate**、**Triplicate** 來表示)

1. 廠商通知出貨後就會寄海運提單給客戶

lading [`ledɪŋ] *n.* 裝載

例 We can e-mail the bill of **lading** to you when shipped goods are on the way.

當貨品一出貨,我們就會寄出海運**提**單給運輸公司。

2. 廠商請客戶若在接到出貨通知後十天內沒收到貨,請告知

advice [əd`vaɪs] *n.* 通知、勸告

例 If you haven't received the goods within 10 days of shipment **advice**, please inform us. We'll do our best to track the shipment on your behalf.

若是您在接到出貨**通知**後十天內沒收到貨,就請通知我們,我們會盡可能地為您追蹤出貨。

advise [əd`vaɪz] v.

3. 客戶可自行指定海運提單上的通知方

notify [`notə,faɪ] *v.* 通知

> 例 Normally the **notify** party on the Bill of Lading is the same as consignee but you could still specify your own notify party.

通常海運提單上的**通知**方跟收貨人會是一樣的，但您還是可以指定您自己的通知方。

notification [ˌnotəfə`keʃən] n. 通知、通告

4. 裝貨港口為貨品裝運上船的所在港口

vessel [`vɛs!] *n.* 船、容器

> 例 The Port of Loading, or called Port of Origin, refers to the port where shipments are loaded onto the **vessel**.

裝貨港口，或是稱為起運港口，指的是貨品裝運上船的所在港口。

5. 貨物抵達目的地港口後，需數天的時間進行卸貨工作

port [port] *n.* 港口、（電腦）埠、端口

> 例 After the shipment arrives at the destination **port**, it will take some days for the vessel to unload

貨物抵達目的地**港口**之後，會需要個幾天的時間來進行船隻卸貨的工作。

6. 貨物會在卸貨港口處從船上下貨

discharge [dɪs`tʃɑrdʒ] *n. v.* 卸貨、排出、釋放

> 例 The goods will be unloaded from vessel at the port of **discharge**.

在**卸貨**港口處，貨物會從船上卸下來。

7. 出貨嘜頭的內容可為收貨人、紙箱大小重量或數量

mark [mɑrk] *n.* 嘜頭、標記；*v.* 做記號、記下、注意

例 Shipping **marks** can be the recipient, the size and weight of the carton or the number of cartons.

出貨**嘜頭**可以寫收貨人、紙箱的大小與重量，或是寫紙箱的數量。

8. 出貨文件副本會送交銀行

duplicate [`djupləkɪt] *n.* 副本；*adj.* 副本的、二重的

例 The **duplicate** shipping documents will be forwarded immediately to the bank, in order to prevent any loss or delay of the original documents.

為了避免正本文件有任何遺失或遲延的狀況發生，**副本**出貨文件會立刻轉給銀行。

9. 信用狀上要求要有一式三份的裝箱單

triplicate [`trɪplə,kɪt] *n.* 一式三份（中的一份）；*adj.* 一式三份的

例 As requested in the L/C, a detailed Packing List is required in **triplicate**.

如信用狀上所要求，須有一式**三份**的詳細裝箱單。

4-4 發票

國貿主題介紹

　　發票即是 Invoice，我們先前看過報價階段出現過的 Proforma Invoice / 形式發票，而稍後我們會再看到另一種發票，叫做 Commercial Invoice / 商業發票，那這最乾脆、最簡潔的單一個字 Invoice 所代表的單據有什麼特殊地位嗎？有滴，它不同於 Proforma Invoice 與 Commercial Invoice，因為只有它才是正式的付款憑證，有的廠商會說此 Invoice 為 Official Invoice 或者是 Invoice for payment，而進口商的會計師所認可的也就是這張 Invoice 了！在此我們列出一般 Invoice 所含的內容資訊，認識一下這份正式付款憑證囉！

　　1. 單據資訊：Invoice Number 發票號碼、Invioce Date 發票日期

　　2. 訂單資訊：Bill to 付款方、Ship to 收貨方、Sales Order Nbr. 銷售確認單單號、Customer P/O 客戶採購單單號、Order Date 訂單日期、Salesperson 廠商銷售人員、Terms 條件

　　3. 出貨資訊：Ship Date 出貨日期、Method 出貨方式、Ship Via 出貨經由、Currency 貨幣、AWB 空運提單

　　4. 貨品資訊：Item 品項、**Description** 品名敘述、Ship Qty. 出貨數量、Size 規格、

5. 價格資訊：Unit Price 單價、Discount Pct（**percentage**)折扣百分比、**Misc. charges** 雜項費用、**Subtotal** 小計、**Tax** 稅負、**Roundoff** Total 四捨五入後總計、**amount due** 到期應付金額

6. 銀行資訊：Remit to 匯款至、Bank 銀行、Account No.帳號、Routing/ABA No.路徑/ABA 號碼、SWIFT Code 代碼

7. 備註（**Remark)**：monthly late charge 遲付月息、 full amount without **deducting** any bank fees of **correspondent** and intermediary banks 須付全額，不得扣除通匯銀行與中間銀行的手續費

1. 經銷商請廠商告知確實的型號與品名敘述，以供申請進口許可

description [dɪ`skrɪpʃən] *n.* 敘述

例 For applying for import permit, please tell us what the exact Cat. No. and **description** of product will be shown on the label and shipping documents.

為了申請我們的進口許可，請告訴我們會列在標籤與出貨文件上的確實型號與品名敘述。

2. 經銷商反映發票上所列折扣百分比與所先前商議者不同

percentage [pɚ`sɛntɪdʒ] *n.* 百分比、比例

例 The discount **percentage** listed on the Invoice is different from what we discussed previously. Please have it corrected and e-mail to me the revised Invoice.

列在發票上的折扣**百分比**跟我們先前所討論的並不同，還請更正，並將修正的發票以 e-mail 寄給我們。

3. 廠商通知發票中將加計若干雜項費用

miscellaneous [ˌmɪsɪˋlenjəs] *adj.* 混雜的、各種的　縮 Misc.

例 The following **miscellaneous charges will be added to your total order** value.

下列的**雜項**費用將會加進您的訂單總額中。

4. 廠商回覆所給折扣列在發票小計金額下方

subtotal [sʌbˋtot!] *n.* 小計

例 We did offer you the agreed discount. It's calculated and listed under the **subtotal** on the invoice. Please check again.

我們確實有提供給您議定的折扣，有計入發票中列在**小計**金額下方。

5. 廠商說明加值稅金額以四捨五入取到小數點第二位

round off 四捨五入、使平整光滑

例 We calculate the VAT according to the rules so each line item has to have VAT calculated on it and **rounded off** to 2 decimal places.

我們是依據規則來計算加值稅，所以每一行的品項都會計算出其加值稅，**四捨五入**取到小數點第二位。

6. 廠商請經銷商預匯發票上所列到期應付金額，收到後即出貨

amount due

例 Please remit the **amount due** on the invoice in the currency indicated. After confirming your payment, we'll then arrange the shipment.

請以所指定的幣別，匯給我們發票上所列的**到期應付金額**，等我們確認收到匯款後，就會安排出貨。

7. 廠商請客戶注意發票上備註的遲付月息

remark [rɪˋmɑrk] *n. v.* 注意、談論

例 Please note also the **remark** written on the invoice is that all past due invoices are subject to a 1.5% monthly late charge.

也請您注意發票上所寫的**備註**說明，我們對於所有逾期的發票都會收取 1.5%的遲付月息。

8. 廠商提醒客戶須支付發票全額，不得扣除銀行費用

deduct [dɪˋdʌkt] *v.* 扣除、減除

例 Please pay the full amount of the invoice without **deducting** any bank fees.

請支付此發票所列的全額，不得**扣除**任何的銀行費用。

9. 廠商提醒客戶須負擔通匯銀行、中間銀行的交易費

correspondent [ˌkɔrɪˋspɑndənt] *n.* 通信者；*adj.* 符合的、一致的

例 Customers are responsible for any **correspondent** and/or intermediary **bank** transaction fees.

客戶須負擔任何**通匯銀行**及/或中間銀行的交易費。

4-5 商業發票

國貿主題介紹

　　商業發票（Commercial Invoice）是必備的出貨文件之一，為具有效力的買賣證明單據，會載明所運送貨物的規格、型號、包裝與金額等資訊，由廠商在出貨時出具，提供給買方做為清關的憑證，另外，因為它所列出的是產品的商業價值與金額，通常不會另加上處理手續費及運費等費用（Invoice 中才會列），所以並不能當成付款憑證。有的廠家所出具商業發票的格式與內容和發票差不多，有的還會比發票多列上原產地國別、出口運輸公司等與出貨相關的資訊。以下所列即為常見的商業發票內容類別與項次囉！

　　1. 相關人：Shipper/Exporter 出貨方/出口方、Ship to 收貨方、Sold to 買方/付款方

　　2. 出貨資訊：Air Waybill Number 空運提單號碼、Export Date (dd/mmm/yyy) 出口日期（日/月/年）、Weight 重量、Total Packages 總包裝箱數、Country of Ultimate Destimation 最終目的地國家、Exporting Carrier 出口運輸公司

3. 貨物資訊：Item/Description of **Commodity** 商品項目/品名敘述、Country of Origint 原產地國別、Quantity 數量

4. 價格資訊：Total Value 總價值、Freight Charges 運費、Other 其他費用、Total Invoice Amount 總發票金額、Currency Code 幣別代碼

5. 備註：**declare** all the information is true and correct 聲明所列為真、In accordance with the export adminstration **regulations** 依據出口管理條例規範、diversion contrary laws is **prohibited** 禁止與法規相悖離的行為、Products are **intended** for xxx use 產品供 xxx 之用

6. 簽章：**Signature** 簽名、**Title** 職稱、Name of signatory typed 簽名人姓名書寫體、company stamp 公司章、Date 日期

94 這樣翻

1. 出口之最終目的地在歐洲以外地區則無須支付加值稅

ultimate [ˋʌltəmɪt] *adj.* 最後的、基本的；n. 終極、極限、基本原則

例 Shipping costs will be exempt from VAT when the **ultimate** destination is outside the EU.

若最終目的地是在歐洲以外的地方，則運費將不會加計加值稅。

2. CIF 報價包含貨物抵達買方所選目的地港口的所有成本

destination [ˌdɛstəˋneʃən] *n.* 目的地

例 We are selling goods at C.I.F. terms and our quote covers all the costs until the goods reach the buyer's chosen port of **destination**

我們銷售貨品的價格條件為 CIF，報價會包含貨物抵達買方所選**目的地**港口的所有成本。

3. 出口商品依據出口管理條例之規範

commodity [kə`mɑdətɪ]n. 商品

例 These **commodities** are exported from the United States in accordance with the Export Adminstration Regulations.

這些**商品**從美國出口，依據出口管理條例的規範。

CCC Code (Standard Classification of Commodities of the Republic of China Code) 中華民國商品標準分類號列

4. 商業發票備註所列資訊皆真實且正確

declare [dɪ`klɛr] v. 申報、聲明

例 I **declare** all the information contained in this commercial invoice to be true and correct.

我在此**聲明**，所有包含於此份商業發票的資訊皆為真實且正確的。

5. 買方依規範要求，負有支付發票貨款之責

regulation [ˌrɛgjə`leʃən] n. 規章、規則、條例、調節

例 In accordance with the **Regulations**, the applicant is responsible for payment of this invoice.

依據**規範**要求，申請人負有支付此發票貨款的責任。

6. 商業發票備註禁止有任何與法規相悖離的行為

prohibit [prə`hɪbɪt] *v.*（以法令、規定等）禁止

例 As stated on Commercial Invoice, any diversion contrary to U.S. law is **prohibited**.

如商業發票所述，**禁止**有任何與美國法規相悖離的行為。

7. 商業發票上備註銷售產品的用途

intend [ɪn`tɛnd] *v.* 想要、打算、提議

例 You could see from our Terms and Conditions and also Commercial Invoice that all the sold products are **intended** for research use only.

您可以從我們的條款及商業發票上看到這個條件，說所有銷售的產品都僅能供研究所用。

intention [ɪn`tɛnʃən] n. 打算、目的、意圖

8. 商業發票上須簽章

signature [`sɪgnətʃɚ] *n.* 簽名

例 **Signature** or company stamp is required to be shown on the Commercial Invoice.

商業發票上須有**簽名**或蓋有公司章。

9. 商業發票上請列出簽名人的職稱

title [`taɪtl] *n.* 頭銜、標題；*v.* 加頭銜於、授頭銜於

例 Please contain the signature and **title** of the authorized representative on the Commercial Invoice.

請授權代表人在商業發票上簽名並寫出**職稱**。

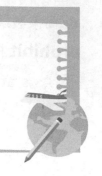

4-6 裝箱單

　　裝箱單是由出口廠商出具，是貨品內容的說明憑證，以做為海關與進口人查核、對照來貨的憑據。其與商業發票的內容大致相同，差別僅在商業發票會載明金額，而裝箱單則不列金額。裝箱單會詳細列明貨品的貨號、尺寸、毛重、淨重、尺碼等資訊，而因貨物特性不同，有的廠商所提供的包裝單單據還會有 **Weight List** 重量單、**Measurement** List 尺碼單。我們這就來看看一般裝箱單的內容囉！

　　1. 訂單資訊：Sales Order Number 銷售訂單單號、P.O. Number 訂購單單號、Ship to 收貨方、Bill to 付款方

　　2. 出貨資訊：Shipment Date 出貨日期、Shipping Agent 出貨代理人、Terms 條件

　　3. 貨品資訊：Item/Description 品項/品名敘述、Size 規格、Batch number 批號、Packed **Carton** Qty 包裝箱數量、**Gross** Weight 毛重、**Net** Weight 淨重、**Storage** Temp 客戶儲存溫度、**Expiration** date 效期、Shipped/delivered 已出貨、**Backordered/Remaining** 尚未出貨

　　4. 價格資訊：Currency 幣別

5. 備註：Discrepancies must be reported within x days of receiving order 收貨如有不符，須於 x 天內回報

94 這樣翻

1. 請求廠商告知 毛重與出貨箱數，供查詢運費

weight [wet] *n.* 重量；*v.* 加重量於

例 Please give us the estimated gross **weight** and no. of boxes for us to check the freight amount.

請告訴我們預估毛重與出貨箱數，好讓我們可以查一下運費金額會有多少。

weigh [we] v. 秤…的重量、秤起來

2. 信用狀要求出貨文件中包含物質安全資料表與尺碼表

measurement [ˋmɛʒɚmənt] *n.* 測量、尺寸、大小、長度

例 As requested in the Letter of Credit, two sets of Material Safety Data Sheet and also **Measurement** List have to be sent along with the shipping documents.

如信用狀所要求，須有兩套的物質安全資料表與尺碼表隨同出貨文件一併寄出。

3. 廠商回覆經銷商，無法按要求將裝箱單以各箱分列

carton [`kɑrtn] *n.* 紙板箱、紙盒

例 Unfortunately, we do not have a way to separate packing slips by **carton** because they are computer generated.

很遺憾地，因為裝箱單是電腦所製的制式文件，所以我們沒辦法將裝箱單依各個**紙箱**來分列。

4. 經銷商請廠商告知裝箱單上所列重量為淨重或毛重

gross [gros] *adj.* 總的　(g.w.= gross weight)

例 There's only one weight given on the Packing List. Please clarify if it's a net or **gross** weight.

裝箱單上只列了一個重量，請說明一下它是淨重還是毛重。

5. 經銷商反應裝箱單上所列毛重與淨重相同，請廠商更正

net [nɛt] *adj.* 淨值的、最終的；*n.* 網、淨值　(n.w.= net weight)

例 The gross weight and **net** weight listed on Packing List are both 35kgs. Please check and correct the figure(s).

在裝箱單上所列的毛重與淨重都是 35 公斤，請查查並更正數字。

6. 客戶反應產品標籤與裝箱單上所列儲存溫度不同，請廠商確認

storage [`storɪdʒ] *n.* 儲存、儲藏

例 The **storage** temperatures listed on the product label and Packing List are different. Please check and confirm with us which one is correct.

產品標籤與裝箱單上所列的**儲存**溫度並不相同，還請查了之後，跟我們確認一下何者正確。

7. 廠商回覆客戶所詢貨品效期，同時告知裝箱單上亦列有此資訊

expiration [ˌɛkspəˈreʃən] *n.* 期滿

例 The **expiration date** of the shipped product is Oct. 31st, 2018. By the way, you could also find this info on our Packing List.

這項出貨產品的**效期**為至 2018 年 10 月 31 日，順道一提，您也可在裝箱單上看到此效期資訊。

8. 裝箱單上所列已出貨及缺貨待出數量，與實際收貨不同

backorder [bækˈɔrdɚ] *n.* 缺貨待出訂單

例 As stated on the Packing List, 2 kits were shipped and 1 was on **backorder**. However, we did receive all our ordered 3 kits today. Please clarify.

如裝箱單上所述，有 2 組已出貨，1 組**缺貨待出**，不過我們今天倒是收到了所訂共 3 組的產品，還請您說明。

9. 客戶請廠商另行告知未出貨品項的供貨狀況

remain [rɪˈmen] *v.* 仍是、保持、剩下、留待

例 We noted from the Packing List that there is still 1 kit **remaining** unshipped. Please keep us informed of its availability.

我們看到裝箱單上寫說還有 1 組**留在**未出貨之列，還請有貨時通知我們一聲。

❓ 國貿人提問：對外貿外行，怎樣才能快快入門？

您好，我是英文系畢業的，畢業後順利進了一家電腦公司當英文業務祕書，工作上要寫英文 email、看英文的資料，對我來說基本上是沒什麼大問題，但是我現在發現，雖然我英文沒問題，但在工作上還是覺得有很大的問題！為什麼呢？因為我是看得懂英文沒錯，但每當要寫一些進出口問題的 email 時，我簡直是卡到不行！不只是我不知怎麼寫一堆業務部門同仁說的中文，也常有國外原廠問我我 email 中所指的是什麼意思，或是問我要的是不是就是某某文件與資料…其實我很想要增進我的外貿知識，我也有買了一本說外貿進出口的書來看，但總是還沒有找到整段的空閒時間來好好讀一讀。請問一下 Amy，有沒有什麼快速的方法，可以讓我迅速地補充我的外貿知識呢？還請賜教！謝謝！

不是只求速成，而是想要快快上軌道的 Bob

國貿經驗分享

親愛的 Bob，你好！真的，自從不是專職的學生之後，實在比較難找出大把大把的時間來讓我們能夠專心的讀本大部頭的專業書籍…說到這，其實還滿建議你去找《國貿英語溝通術》和《外貿業務英文》這兩本書來看，裏頭有你急需的專業知識，而且書寫的方式輕鬆又帶好多點幽默，滿適合你的…會這樣介紹，是因為…這兩本也是敝人在下所寫滴！呵呵！

說回你所問的問題，這是一個大部分剛踏入外貿這行

的人都會問的問題，好多人不是國貿出身，而對於已學過國貿的人，實務上還是有很多的眉角是先前沒學過的，這時，我們心中都會有這樣的吶喊：遮是哩拱蝦米啊～ 有了疑問，有了動機，接下來就要請出兩樣法器，一個是信用狀，另一個是整套的出貨文件！

　　我們與國外最基本會討論到的訂單、出貨與付款等事，裡頭通通都會說到！你可能早就碰過這些文件了，但可能沒有每欄每行都細細看過，那這樣就請你擬定**速成戰略：第一步，找出信用狀，找出包含空運提單、海運提單、裝箱單、商業發票這一整套的文件，第二步，排整齊…沒有啦！**開玩笑的！**請仔細讀每一份文件，尤其是欄位名稱，如果欄位裡有不懂的字就要馬上查，查清讀懂後才能繼續往下讀！**這些內容在你處理訂單進出口業務時一定會碰到，當你徹底讀完後，其實你也就在腦子裡畫出了整個進出口業務的版圖，**有了這樣的外貿大圖，之後你在工作上遇到的實務狀況，就請一一匯集、歸位到你的這張大圖裡，大圖的建立讓我們能窺得全貌，大圖的持續補述加添，則會讓我們對這個領域的專業有愈多、愈深的瞭解！**你想想，這樣的動作持續一陣子後，若有人問說專業這東西該往哪裡找？你大可有自信地回答：「不用找了，因為，我們就是專業！」共勉之！

4-7

產品資料有多少

國貿主題介紹

　　從詢價的評估階段到訂購產品後的使用階段，都會需要有相應的產品資料來讓客戶對產品有初步或是全盤的瞭解。而對於經銷商而言，除了會與廠商索取所有相關的產品資料之外，也可能會要求廠商提供與行銷有關的資訊、簡報資料、圖片等，好讓經銷商來自製自己的文宣資料。我們在此就來將一般會碰到的產品資料列出如下，讓我們來好好領會一下學海是如何無涯，看看我們可擁有多少佐助的資料來協助我們到達對產品、對專業通透瞭解的彼岸！

　　➤ 基本款文宣資料

　　型錄（**catalog**、**brochure**）、單張型錄（**flyer**、**leaflet**）、產品小冊子（**booklet**）、簡報投影片 **(slides)**

　　➤ 技術型專業資料

　　規格書（Specification）、產品資料表（Data Sheet）、產品說明書／仿單（Package Insert）、操作手冊（Operating Manual）、分析報告（Certificate of Analysis）、物質安全資料表（Material Safety Data Sheet）、技術報告（Technical Report）、品管檢驗報告（QC Report）、協定（**Protocol**）、文獻（Reference、**Literature**）

1. 廠商提供經銷商產品圖片資料,讓經銷商自製文宣

brochure [bro`ʃʊr] *n.* 型錄、小冊子

例 You can find more images of this product on our homepage and also in the attached **brochure** for producing your own literature.

您可從我們的網頁或是附件的**型錄**看到此產品更多的圖片,以製作您自己的文宣資料。

2. 廠商通知推出最新的單張型錄

flyer [`flaɪɚ] *n.* 單張型錄、(廣告)傳單

例 I have attached two of our most recent **flyers**. Feel free to browse all our flyers at our website.

在此附上兩份我們最新的**單張型錄**,也可隨時在我們的網站瀏覽所有的單張型錄資料。

3. 廠商推出已修正的文宣資料

leaflet [`liflɪt] *n.* 傳單、單張印刷品、小葉片

例 Last month we withdrew the **leaflet** of # 1202 due to a wrong formulation in the text. Now its updated version is released. Please see the attachment.

上個月我們撤掉了 # 1202 的**單張文宣資料**,因為內文配方資訊有誤,現其更新版本已推出,請見附件。

4. 廠商提供簡報圖片，供經銷商自製單張型錄

slide [slaɪd] *n.* 投影片、幻燈片、滑動、山崩

> 例 You can incorporate these images on the **slides** in the presentation into your own flyers.

您可以將此簡報**投影片**中的圖片加進您自己的單張型錄裡。

5. 產品型號更新，廠商同時更新產品仿單資料

insert [`ɪnsɝt] *n.* 仿單、插入物；[ɪn`sɝt] *v.* 插入

> 例 The correct Catalog Number now is # 0925 and I have started the process of correcting the product **insert** to reflect the same.

現正確型號為 # 0925，我已著手更改產品**仿單**，以反映此正確訊息。

6. 廠商提供產品手冊給客戶，供評估合用與否

manual [`mænjʊəl] *n.* 手冊；*adj.* 手工的、手動的

> 例 Thank you for contacting us. I've attached the **manual** for your reference. Please let us know whether it suits your needs.

謝謝您與我們聯絡，在此附上產品**手冊**供您參考，還請告知是否此產品合您所需。

7. 廠商通知更新版的分析報告可於網站中下載

analysis [ə`næləsɪs] *n.* 分析、解析

例 An updated version of the Certificate of **Analysis** for Item # 304, Batch # 60805 is available on our website.

品項# 304、批次# 60805 分析報告的更新版本已放到我們的網站上了。

analyze [`æn!,aɪz] v.

8. 廠商告知有相關產品資料可供索取

protocol [`protə,kɑl] *n.* 協定、協議書

例 We have **Protocols** and Material Safety Data Sheets (MSDS) which are available on request.

我們備有**協定**與材料安全說明書（MSDS），可應要求提供。

9. 廠商通知經銷商有新文宣推出，可於線上提出申請

literature [`lɪtərətʃə] *n.* 印刷品、文宣、文獻

例 We would like to announce several **literature** updates. The details are shown below. If you need any of them, please send your request online.

我們要來宣布好幾項的**文宣**更新訊息，明細如下，若您有需要，請您在線上提出申請。

Amy Time

　　您好，我們公司的進口健康食品有好多品項，所以一年前進這家公司時，我花了好些時間在搞懂公司各個事業部門的產品有哪些，現在我都熟了，所以工作起來倒還都覺得滿順的，不過，倒是有一件事不時地出現，而且每一次出現時，我對它的厭惡程度就大一些！請聽我將這惱人的小事說清楚些！英文是我的強項，當初會來當業務祕書，也是因為想用英文來工作。公司同事每次有什麼英文問題，都會來問我，但最近我的主管與同事實在問太多，像是有同事問我蘆薈的英文是什麼？我問他是在說哪個產品，他居然回我說沒有，只是他想到了，所以來問我…（三條線）。還有另一個同事居然拿了一大張產品化學名列表來到我面前，要我將這些英文化學名的中文唸給她聽就好，她來寫…這是什麼狀況啊！無關工作的英文要問我，有關工作但不關我的事的英文也要問我，簡直是把我當作翻譯機器！！請問有什麼方法可委婉地告訴我身邊的所有人，不要再隨時問我、考我了啊！

明明喜歡英文卻又愈來愈不喜歡被問到英文的 Karina

國貿經驗分享

　　親愛的 Karina，妳好！我們要先來給妳個肯定，大家之所以有任何英文問題就找妳，就是因為妳英文能力強，大家肯定妳呢！我們不喜歡別人動不動就問我們某個中文詞的英文是什麼，因為其實我們心裡清楚得很，語言這事，範圍那～～麼浩瀚，我們怎麼可能什麼都懂啊？！

我們還真改不了大家這樣不時、不斷地拿沒頭沒尾、沒前情沒鋪陳的字詞句來問我們，我們呢！不用怕人問，也不用怕被問倒，問到我們不會的，我們可以就明白告訴對方，我不知，但我查了之後就來告訴你…這是我們對人負責任的回應，也是我們自己對求知識、求學問該有的認真態度！像英文化學名這種百分百專業、一點也容不得失誤的詞彙，我們就要嚴肅以待！也趁機來給提問的人機會教育一下…是教育，不是教訓喔！呵呵…請想一下這樣的中英文化學名稱對照在公司裡是誰會有這樣的資料可供查詢，若妳知道，就請妳同事請教那人去，若妳不知，畢竟我們在公司裡是管（英文）山管（英文）海的，所以請妳正式受理此提問，查一下究竟資料該從何來…請注意，我們還沒到要攬下這翻譯工作喔！請先不要一頭就栽進動手翻譯這事裡，像這樣的事情，會有可查找的資料時，就不要矇著頭苦翻，當這樣的事情其實妳做來不若其他專業人員專業時，也請不要摀著眼就將工作攬在身上，因為術業有專攻呢！但是，若主管衡量後還是決定請妳開翻（開始翻譯），那我們就要轉換為開工模式，開啟找資料佐助翻譯的狀態，上工！要不要自己邊氣邊做呢？哈！請關閉這個狀態，因為全世界只有我們自己知道自己在氣，所以就不用氣了！但讓我們別氣著的最重要原因，是在於「經一事，長一智」的體認！請記得，我們所做的任何事，都是我們能力的養分，都是提昇自己的機會呢！

4-8 官方許可、證明怎麼「辦」？

國貿主題介紹

　　有的產品要出口越洋、跨國進口，可不是說出就出、說進叫進就可以的！可能出口國有管制，可能進口國有規範，此時好些許可、官方主管機關等詞彙就會躍然紙上，負責提供文件的一方就得仔細讀取要求，備齊所需文件供審核之後，才能盼得許可或證明，而有了此等正式文件之後，才通得了海關，才出得了、進得了國門！

　　若遇到這些正式文件事時，我們要關心的點有哪些呢？我們這就從官方文件名、主管機關名與審核類型來看個梗概囉！

　　➤ 官方文件名：

　　■ 與廠商有關：自由銷售證明（Certificate of Free Sale）、製售證明（Certificate of Manufacture and Free Sale）、登記證（Certificate of Registration）、符合規範證明（Certificate of Compliance）等。

　　■ 與產品有關：出口許可證（Export Permit / License）、進口許可證（Import Permit / License）、產地證明（Certificate of Origin）、健康證明（Health Certificate）、衛生證明（Sanitary

Certificate）等。

> 主管機關名：

主管機關（**authorities**）包括有政府各個權責機構的部
（Ministry、Department）、局（**Bureau**）、商會（**Chamber** of
Commerce），以及駐外代表處（Representative Office）等。

> 審核：認證（**authenticate**）、驗證（**legalize**）、公證
（**notarize**）等。

94 這樣翻

1. 客戶請廠商提供符合規範證明（附上樣本），供申請進口許可

compliance [kəm`plaɪəns] *n.* 符合、順從

例 For applying for import permit, we need to submit Certificate
of **Compliance** (COC) to our authorities. Please see the
sample as attached and please issue such certificate to us.

為了申請進口許可，我們須提供「**符合**規範證明」給我們的主管機
關，請見其樣本如附，並請您出具此證明給我們。

2. 廠商通知已取得出口證，並告知效期

license [`laɪsns] *n.* 許可證、執照、許可

例 I am pleased to inform you that the new export **license** from
the U.S. Department of Commerce was approved and is valid
through January 31, 2021.

我很高興要來通知您，美國商務部已核發了新的出口證，效期至 2021 年 1 月 31 日。

3. 廠商要求客戶完整填寫出口證申請書

authority [əˈθɔrətɪ] *n.* 管理機構、權力、當局、權威、影響力

例 Please make sure to fill out the export license application completely so that our licensing **authorities** will not have it returned.

請務必完整填寫出口證申請書，這樣我們的核發**主管機關**才不會退件。

authorize [ˈɔθəˌraɪz] v.

4. 客戶告知廠商須辦理進口許可

ministry [ˈmɪnɪstri] *n.* （政府機構的）部

例 Importing such products into our country requires permits from the **Ministry of** Agriculture and Forestry.

要進口這些產品到我們的國家，需要有農林**部**核發的許可證明。

5. 廠商告知取得核可證明所需的時間

bureau [ˈbjʊro] *n.* （政府機構的）局、署、處

例 Approval from the U.S. Department of Commerce, **Bureau** of Industry and Security (BIS) takes approximately 4-6 weeks. Once the license is received, the order will be shipped.

要取得美國商務部工業和安全**局**的核可需時約 4－6 個星期，一收到此證，此訂單就可出貨。

6. 客戶告知廠商所申請的證明尚需大使館認證

chamber [`tʃembə] *n.* 會所、議院、室、房間

例 The certificate needs to be authenticated by a **Chamber** of Commerce or by the destination country's UK embassy or other representative.

此證明須經商會或目的地國家的英國大使館或其他代表處認證。

7. 客戶告知廠商所申請之證明須經認證

authenticate [ɔ`θɛntɪˌket] *v.* 證明…為真、鑑定

例 The certificate needs to be **authenticated** by appropriate authorities in your country.

此證明須有您國家有關當局的**認證**。

8. 所提呈的文件須經主管機關公證、認證與驗證

legalize [`lig!ˌaɪz] *v.* 驗證、使合法化

例 All submitted documents should be notarized, authenticated and **legalized** by the competent authorities

所有提呈的文件應有主管機關的公證、認證與**驗證**。

9. 客戶告知廠商所有文件皆須經公證

notarize [`notəˌraɪz] *v.* 公證

例 All the documents including Certificate of Origin and Certificates of Health need to be **notarized** by the local notary offices

包括產地證明與健康證明的所有文件，皆須經當地公證處**公證**。

❓ 國貿人提問：官方登記－怎一個煩字了得！

　　我是一個文青！哈！這是我自己説的啦！是我對我自己的期許！我知道我不懂外貿的東西，但若能用英文來工作，也是算合我這號文青吧！我們公司有經銷幾個全球知名廠牌的醫療儀器，工作剛開始時還不錯，雖然有不懂的，但我敢問，都會找到答案。但是，最近國外原廠有新儀器要我們辦理進口許可登記，主管派這工作給我時，我也沒覺得有什麼，做就是了！但是啊，我的老天爺啊！這事真是誇張地麻煩，我們跟國外兩邊的主管機關規定都多，我們要的，有時廠商説就是沒有，廠商來了資料，我們主管機關又退，説要再補件…我寫給給國外的 email 一封比一封長，後面的進度與要求在跑，前面要求過了的事情我忘了，國外也忘了，資料送審不過，又再來…這事真的繁雜到讓我怕了上班！登記這事都這麼磨人嗎？我真的很不想碰登記這工作，其他工作也會碰到這種事嗎？英文秘書這工作的其他部分我都還滿喜歡的，難道我要為了躲避登記事來離職嗎？請告訴我，我的人生該何去何從啊？！

想從一而終但又快被登記事終結的 Amanda

國貿經驗分享

　　親愛的 Amanda，妳好！要説辦理官方登記事不煩的話，這鐵定是局外人隨便敷衍妳的話！只要碰到是要官方主管機關審核發文的事，都容易會讓人覺得規定多、程序繁瑣，因為每一項都是一板一眼的要求啊！不過，請注意了，也就是**因為主管機關的要求都是一板一眼的，所以反**

而一切也就會異常明確，而這就變成了我們要攻破繁瑣程序的最大利器！正因為這些規定是鐵的要求，所以要跟國外原廠索求的資料也就是非那樣不可的文件，其餘所有不同內容、不同簽署層級單位的通通都不行。所以說，只要妳**將我們官方對每一項文件的要求列出來，跟國外原廠說清楚，再要來主管機關的樣本內容，轉給國外原廠參考，若國外對哪一項有問題，請其一一提出，我們再來向主管機關一一提問**。當每一項問題、每一件事情都解決了之後，我們送件審核過關的機率就很大了！

　　還有一點提醒，**請為這所有該來該有的文件列出清單與紀錄表，還要有待辦已辦、狀況更新等訊息可列在上頭**，這樣的清單可讓妳的心境清淨許多，因為所有的進度都清楚地呈現在妳眼前，而且，登記進度如何、何時可拿到登記這些事對業務部門來說是很大的事，所以妳一定會常被主管叫去，要妳回報訊息。當我們自己對這大代誌的裡外內涵都清清楚楚，沒有遲延處理，對國外原廠的辦理進度也有定期跟催時，任誰聽了這樣的進度報告都會滿意到不行！而當我們把工作做好時，心中一定更能清楚地知道前面的人生路要怎麼選擇，我們的選擇就不會是因為有工作做不來，把我們難倒，逼得我們不退不行，逼得我們別無選擇！只要我們找到方法解決我們工作上的難處，那麼，我們對工作的規劃，就可以是由我們自己的心意與興趣引導著，可以純粹是我們自己想要走的人生路呢！

PART 5
會議展覽篇

會議與展覽絕對是年度大事記！這樣的大代誌自然會牽涉到許多的準備與規劃工作，絕對是我們大展身手、好好表現的大好時機！

　　若要參加會議，在開會前則要先溝通與預想議題，如果是電話或視訊會議，那又有不同的準備事項得要先行打理。若是要參觀展覽或設攤參展，一樣會有與國外開會的機會，而在經銷商參展的部分，還會要敦請國外廠商支援前線，同心協力，以能成功行銷品牌，給予業績跳升的刺激與衝力！

5-1

出差全程大小事

國貿主題介紹

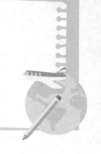

　　當國外廠商要舉行經銷商會議、訓練課程或是邀請客戶來參觀展覽時，就得要協調安排好些事項，首先最需要事先好規劃與預訂（reservation）的事情，就是住宿（accommodation）了！廠商多會安排住宿的飯店，談個團體折扣，也可能就在飯店裡辦個迎賓晚宴活動（event)，歡迎遠道而來的貴客們。搞定住宿安排後，主辦公司一定還會再竭誠地問問賓客們是否有需要接送（pick-up）服務與交通（transportation）上的安排，接送詢問不會太複雜，因為要問的行程通常就只這兩段囉：機場到飯店，以及飯店到國外總公司（headquarters）或會議地點。

　　住、行都安排好了，是否就大功告成了呢？喔不！貼心細心的主辦公司，若有要為賓客準備餐食（meals)，那就會再多問問客人是否有任何飲食上的（dietary）要求，是否有什麼食物會引發過敏呢！連民以為天的「食」都問清楚了，除了行前會再發個提醒（reminder）之外，通常就沒有其他行政上需要再安排的事了，接下來大夥兒就要努力思考會議的討論主題，共同成就一場有價值、有收穫的會議，如此才不枉大家千里跋涉、飛來同聚一堂的旅程！

1. 配合的飯店已可線上預訂，透過連結訂房可享團體折扣

reservation [ˌrɛzə`veʃən] *n.* 預訂、保留

例 The hotel reservation at Hilton Hotel is now available. Please kindly use the following link for your **reservation** to receive our group discount.

希爾頓飯店現在可供預訂住宿了，請利用下方的連結來做**預訂**，以取得我們享有的團體折扣。

reserve [rɪ`zɜv] v.

2. 廠商通知會議時程，邀請經銷商參加，將協助住宿安排

accommodation [əˌkɑmə`deʃən] *n.* 住宿、預計房間（或座位）

例 Please plan your trip accordingly to attend the meeting and we'll be delighted to assist with your **accommodation**.

請依此規劃您的行程，參加會議，我們將很樂意協助安排您的**住宿**事宜。

accommodate [ə`kɑməˌdet] v. 配合、通融

3. 廠商邀請與會的賓客參加迎賓晚宴活動

event [ɪ`vɛnt] *n.* 活動、事件

例 We would like to invite you to join us for the **event** "Meet & Greet Dinner" on November 6th, 2017. Please let us know if you would like to attend.

我們想要邀請您參加我們於 2017 年 11 月 6 日所舉辦的**活動**—「歡迎晚宴」，請告知您可否參加。

4. 廠商詢問是否需要安排機場－飯店的接送服務

pick-up 搭載、提取

例 Please contact me if you have further questions or if I can assist you with **pick-up** from the airport to the hotel.

若您有任何其他的問題，或是若有需要我協助您從機場到飯店的**接送**服務，就請與我聯絡。

5. 廠商詢問是否需住宿及自飯店接至公司的交通安排

transportation [ˌtrænspɚˋteʃən] *n.* 交通工具、運輸

例 Please let me know if you would need any help with your accommodation and also if you would need **transportation** from the hotel to our office then.

請告知是否您在住宿方面需要任何協助，以及到時是否需要為您安排從飯店到我們公司的**交通**。

transport [ˋtrænsˌpɔrt] n. v. 運送；運輸

6. 廠商通知展覽結束後在總公司舉辦銷售會議

headquarters [ˋhɛdˋkwɔrtɚz] *n.* 總公司、總部

例 We are happy to inform you that we are hosting a sales meeting for our International Distributors at our **headquarters** on November 7-8, 2017 (immediately after the Exhibition).

很高興地要來通知您，我們將在 2017 年 11 月 7－8 日（展覽結束隔天）於我們**總公司**舉辦一場全球經銷商的銷售會議。

7. 訓練期間的餐食會由廠商負責，飯店住宿與用餐則請自行安排

meal [mil] *n.* 餐食、一餐

例 We'll take care of **meals** during the training in our office while hotel accommodation and **meals** in the hotel have to be covered by yourself.

我們會提供訓練期間在我們公司裡的**餐食**，而飯店的住宿與**用餐**則須由您自行負責了。

8. 廠商詢問有無飲食要求與禁忌

dietary [`daɪə,tɛrɪ] *adj.* 飲食的

例 If you have any **dietary** requirements or allergies, please inform us and we will be more than happy to accommodate your needs.

若您有任何**飲食上的**要求或對任何食物過敏，請您告訴我們，我們將很樂意配合您的需求。

9. 廠商通知經銷商訓練的時間與地點

reminder [rɪ`maɪndɚ] *n.* 提醒

例 This is a friendly **reminder** regarding our Distributor Training which will be held on November 8th – 10th (Wed – Fri) in our New York office.

在此**提醒**一下，我們的經銷商訓練將在 11 月 8－10 日（三－五）於我們的紐約公司舉行。

remind [rɪ`maɪnd] v.

❓ 國貿人提問：我好怕國外原廠人員來台啊～

　　您好，我是一個資深英文業務祕書，外貿大小業務我都熟，所以平常一向淡定，沒有什麼事嚇得了我！可是啊～ 只有我自己知道，我超怕國外原廠人員說要來台灣的啊！收到國外來訪通知時，雖然我 email 裡都嘛回說很高興他們能來我們公司拜訪，但天知道我心裡都在大叫「天啊～」唉！這應該說是多次的驚嚇經驗造成的吧！有一次，原廠新上任的經理要約了下午 2 點要來公司開會，所以我們大大小小的主管全都準時就定位，但是那原廠經理卻遲遲不來，總經理要我撥他的手機問問，啊…啊…我卻忘了先問來他的手機號碼！結果這位原廠經理下午 2:35 才到我們公司，我們總經理那臭臉樣我卻忘了不！每次原廠人員來訪時或多或少都會有這樣的小插曲發生，而這些就都算到我頭上，說我沒事先安排好！唉…這好像還真的只能怪我了，所以，現在一有外國人說要來，就是我心臟亂七八糟撲通跳的時候啊～～ 我也很想每次都把事情辦好，有沒有什麼方法能治我這種狀況啊？還請您不吝指教，謝謝！

快要得 xenophobia ／外國人恐懼症的 Matilda

國貿經驗分享

　　親愛的 Matilda，妳好！其實外國人來訪的事，比外貿業務專業簡單多了呢！妳都已經搞定複雜的外貿業務，再加一點點方法與功夫，一定能讓妳整個人隨時從外到內整個淡定又自在呢！**請妳先將外國人來訪時所應安排與確認的事情列出一個總表**，接著，請妳開始回想一下…妳說每

次外國人來訪幾乎都有些小狀況，那現在**請你再把這些小狀況找其可預先準備預防的時間點，插入、填入總表裡**。填好後，請妳用妳的專業經驗，從頭看到尾，看有沒有漏失任何事情，若都沒有，那這張表就完成了，而這就是妳的**外國人來訪 SOP（Standard Operating Procedures／標準作業流程）**呢！有了它，妳也就不用擔心會有什麼因為忘了安排而有的突發狀況喔！

　　說到外國人來訪，像妳最擔心的是怕安排不周，其實這還是好解決的呢！有些業務祕書還真的像是有妳信件末了寫的外國人恐懼症呢！有碰過一位業務祕書，她告訴我她怕三種人，怕男人、怕主管、怕外國人！一聽完我就大笑了，啊這三個條件就是會來公司裡開會的外國原廠主管的側寫啊！那怎麼辦呢？我請她針對會議議程討論主題來做沙盤推演，預想談論的內容，自己「演」一下，把想到的話都説完（當然要説英文囉）！這樣做的目的是用我們心理上知道自己準備妥當的那份安心，來克服對於對方是外國男主管的這種恐懼……説到這裡，妳有沒有看出對於我們心中任何懼怕的處理原則了呢？只要有懼怕的事，那就請就事論事、集中火力、預先準備、做足準備！等建立了一個穩固穩當的知識基礎之後，心理上一定會比較安心，如此一來，我們的表現也就比較不會失了平時的專業水準呢！對專業知識是如此，對英文這事兒更是如此！希望大家都能無所懼，心自在！

5-2 齊聚一堂的全球經銷商會議

國貿主題介紹

　　廠商所舉辦的全球經銷商會議鐵定是一等一的年度盛事！廠商會先調查有哪些經銷商可前來參加（attend)，有些廠商還會放送利多，會特別提供銷售優惠（incentive）方案給前來參加的經銷商呢！

　　廠商既然要集結全球事業夥伴共聚一堂，當然要好好安排，有的還會設計個首場啟動（kick-off）會議，盡力促成一場成功的經銷商會議！等到初步（preliminary）的議程（agenda）決定後，廠商就會寄給報名登記的經銷商，期許所有與會的經銷商都帶著十足的準備前來，藉此難得的機會（opportunity）與其他的與會參加者（participants）就議題充分地交流，互相學習與激盪。

　　而在年度的經銷商會議上，廠商多會舉行頒獎儀式，頒發（present）獎勵給在業績上有優異表現或是成長幅度傲人的經銷商，而廠商通常也會請這樣的楷模花個幾分鐘，時間長度（duration）大約在 5－10 分鐘以內，跟大家分享一下這樣的優異成績是如何辦到的，在運籌帷幄上有什麼樣的成功經驗、挑戰與機會，若是別國的經銷商也適合在他們自己的區域施行這些策略，那成功就有可能複製，廠商就可能獲取更大的總體成長！

1. 廠商請經銷商回覆參加經銷商會議否

attend [ə`tɛnd] *v.* 參加

例 Please reply no later than next Monday to let us know if you will **attend** our Distributor Meeting and how many representatives your company expects to send.

請在下星期一前予我們回覆，告知是否您會參加我們的經銷商會議，亦請告知您公司預計會有幾位代表出席。

2. 參加會議的經銷商將可適用銷售優惠方案

incentive [ɪn`sɛntɪv] *n.* 刺激、優惠

例 Special sales **incentive** will be available to distributors who will attend this meeting.

對於有前來參加會議的經銷商，我們將會提供特別的銷售優惠。

3. 通知首場會議的舉行地點

kick-off 開始、開球

例 This is to inform you that the **Kick-off-Meeting** will be held at the same Hotel, where I have reserved your accommodation.

在此通知您，啟動會議將會在我為您預訂住宿的同一家飯店舉行。

4. 邀請參加經銷商會議，送上初步規劃資訊

preliminary [prɪˋlɪməˏnɛrɪ] *adj.* 初步的；預備性的

> 例 We cordially invite you to join us at our Distributor Meeting during Monday, October 2nd – Wednesday October 4th, 2017.
> Please find the **preliminary** program as attached.

我們誠摯地邀請您於 2017 年 10 月 2 日（一）到 4 日（三）前來參加我們的經銷商會議，請見**初步**計畫如附。

5. 送上經銷商會議的初步議程

agenda [əˋdʒɛndə] *n.* 議程、代辦事項

> 例 We are pleased to send the preliminary **agenda** for our 2017 Distributor Meeting. If you have any questions, please let me know.

很高興地在此送上我們 2017 年經銷商會議的初步**議程**，若您有任何的問題，請告知。

6. 廠商邀請經銷商參加會議，以能多瞭解，並討論銷售方針

opportunity [ˏɑpɚˋtjunətɪ] *n.* 機會

> 例 We hope this meeting would provide you with a great **opportunity** to learn more about our company as well as for us to discuss ways to grow sales of our products in your country.

我們希望此會議能給予您一個很好的**機會**來多多認識我們公司，也讓我們可討論一下在您國家刺激銷售成長的方法。

7. 廠商邀請經銷商在會議中分享經驗與挑戰

participant [pɑrˋtɪsəpənt] *n.* 參與者

例 On day #2 of the Distributors Meeting, we would like you to share your success stories, challenges as well as opportunities in your country with other **participants**.

在經銷商會議的第二天，我們想請您與其他**參加者**分享您在您國內的成功經驗、挑戰與機會。

8. 廠商頒發優越獎章，請領獎的經銷商上台致詞

present [priˋzɛnt] *v.* 展示、頒發、演出；[ˋprɛznt] *adj.* 在場的、現在的；*n.* 現在、禮物

例 I'm pleased to announce that you will be receiving an Excellence Award during our distributor meeting. When we **present** you with the award, we will ask you to come up to the front and give a 5 minute speech.

我們很高興在此宣布您將於經銷商會議中獲頒「卓越經營獎」，當我們頒獎時，我們會請您到前頭來致詞 5 分鐘。

9. 廠商邀請經銷商花個幾分鐘分享成功故事

duration [djʊˋreʃən] *n.* 持續期間

例 The sharing of success stories need not be more than 10 minutes in **duration**. Please let us know whether you would like to participate in this session.

成功故事的分享**時間**不用超過 10 分鐘，還請告知是否您會參加此議程活動。

業務會議談什麼？

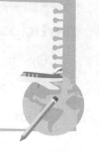

國貿主題介紹

　　當廠商提出要求，邀請經銷商來開個業務會議時，這表示的是～檢討的時間到了！展望的時刻來了！將想著的目標落實化入執行計畫的契機出現了啊！是的，我們就是要抱持著這樣正面又積極的態度！那業務會議開會時會談些什麼呢？最重要的就是業績（**turnover**）了！在會議中大夥兒要回顧過去，總結這麼些時日來的實績表現，接著就會展望未來，討論出下一個月、季或年度的成長（**growth**）目標。而為了瞭解經銷商之所以設定該目標的原因，廠商會請經銷商提出業績預測（**forecast**）資料來討論，以協助廠商瞭解海外市場的趨勢（**trend**)，看市場上目前與將來的挑戰（**challenge**)，並促請經銷商細細分享行銷（**marketing**）與銷售策略（**strategy**）的規劃。

　　若廠商對於某個產品線或其他議題特別（**particularly**）有興趣時，也會言明，並請經銷商在準備會議資料時將其一併考量（**consider**）進去囉！

1. 廠商告知經銷商明年獨家經銷的業績要求

turnover [ˋtɝnˏovɚ] *n.* 營業額

> 例 We expect the increase of your **turnover** in 2018 to 100.000,-
> EUR . This is the condition for signing the exclusive
> distribution agreement for next year.

我們希望您 2018 年的**業績**可達到 10 萬歐元，此為明年簽訂獨家經銷
合約的條件。

2. 廠商設定成長中市場的成長率目標

growth [groθ] *n.* 成長、增長

> 例 Due to the growing market, especially in Asia, we believe
> that you should be able to deliver a **growth** rate greater than
> 10%.

因為市場持續成長，尤其是亞洲，所以我們相信您公司應該能夠達到
10%以上的**成長率**。

grow [gro] v.

3. 廠商請經銷商開會前提供預測數字

forecast [ˋforˏkæst] *n.* 預測、預報

> 例 We would be grateful if you can provide a detailed **forecast**,
> expressed by product and by quantity before our meeting.

若您能在我們開會前提供詳細的**預測**，以產品與數量來分列，我們將
會十分感激。

4. 廠商請經銷商提供業績預估，供瞭解市場趨勢

trend [trɛnd] *n.* 趨勢、傾向；*v.* 趨向、伸向

例 Sending your forecast each year allows us to understand your market **trends**.

您每年提供業績預估，則可以讓我們了解您市場的**趨勢**。

5. 廠商希望從會議中獲悉市場所面臨的挑戰

challenge [`tʃælɪndʒ] *n. v.* 挑戰

例 At the meeting, we'd like to know more about the current and emerging **challenges** in your market.

在此會議中，我們想要知道更多您市場目前及新的**挑戰**。

6. 廠商想瞭解經銷商明年的重點產品及行銷策略

marketing [`mɑrkɪtɪŋ] *n.* 行銷、銷售

例 We'll also discuss which product line you will be focusing on next year. Also we'd like you to share with us your **marketing** and sales strategy.

我們會討論明年度您會著重在哪些產品上，另外也想請您與我們分享您的**行銷**與銷售策略。

7. 廠商請經銷商提供行銷策略與活動計畫

strategy [`strætədʒɪ] *n.* 策略、戰略

例 Please share with us your marketing **strategy** and sales activities, including types of promotional materials and campaigns.

請與我們分享您的行銷**策略**與銷售活動，包括促銷素材與促銷活動的類型。

strategical [strə`tidʒɪk!] adj. = strategic [strə`tidʒɪk] adj.

8. 廠商特別要求經銷商提出新產品的需求預估

particularly [pə`tɪkjələlɪ] adv. 特別、尤其、明確地

例 We are **particularly** interested in identifying your forecasting requirements for the new product as this year we have seen good growth from it.

我們對於找出您對此新產品的預估需求**特別**有興趣，因為我們在今年已看出這產品有很不錯的成長。

9. 廠商訂出業績預估應包含的內容

consider [kən`sɪdɚ] v. 考慮、認為

例 Within your forecast we would like you to **consider** each of the following: plans for introduction of new product line, new projects and gaining new customers.

在您的業績預估中，請您將下列這幾點**考量**進去：介紹新產品線的計畫、新案子，以及取得新客戶。

consideration [kənsɪdə`reʃən] n. 考慮、需要考慮的事、體貼

5-4

電話會議怎麼開？

國貿主題介紹

　　拜現在的電話會議之賜，要集結相關人士一起開個會，已不是非得要空中飛來飛去才行，而也因為這樣的便利，與國外開會的次數可也是暴增了許多呢！所以我們應要熟悉一下約定、撥打電話會議的用字囉！首先，當您看到 email 的主旨或內文出現 conference call、teleconference、teleon 這些字詞時，就是國外邀約、提議，要來開一開電話會議了！若是您不夠瞭解如何來開電話會議，對方就會告訴您這樣的訊息，請您在準備好要開電話會議時，按某某撥打（dial-in）號碼，等聽到、看到提示訊息出現（prompt）時，就該要輸入對方所給您的會議識別碼（ID）代碼，這樣才能夠登入、進入（access)，正確地現聲、現身，開始參加電話會議囉！

　　而與國外所開的電話會議，還有一個較傳統的方式，就是三方通話（three-way calling)，也能拉個三線、三處的相關人士來開會，而這幾年來也還有以網路直播（webcast）的方式來開會呢！這些便利的會議方式，讓大夥兒只要約定了個您好我也好的時間，就可立馬上場、隨即討論，以能有效率、有成效地談定議題、解決問題！

這樣翻

1. 邀約電話會議，以討論年度銷售目標與策略

conference call

例 We would like to schedule a **conference call** in order to discuss your sales target and strategies set for 2018.

我們想安排個電話會議，好能跟您們討論一下 2018 年的銷售目標與策略。

2. 欲敲定下一次電話會議的日期與時間

teleconference [`tɛlə,kɑnfərəns] *n.* 電話會議

= teleconferencing

例 Please let us know which of the following days and times is convenient for you for our next **teleconference**.

對於我們下一次的電話會議，請告訴我們下列哪一天、哪個時間您比較方便。

3. 提議開個簡短的電話會議，瞭解有何需求，才好提供協助

telecon (telephone conference) 電話會議

例 I would suggest to setup a brief **telecon** to discuss your ideas and needs and how we could assist you.

我建議訂個簡短的電話會議，討論您的想法與需要，看我們能怎麼來協助您們。

4. 告知電話會議的撥打號碼與進入代碼

dial-in 撥號

例 When it's time to start our conference call, please call the **dial-in** number and enter the conference access code followed by the hash (#) key.

到了要開電話會議時,請按此撥打號碼,輸入進入會議代碼,結束後按井字鍵。

5. 撥打電話會議電話時,請於提示訊息出現後輸入會議代碼

prompt [prɑmpt] *v.* 提示、提詞、促使;*adj.* 迅速的;*adv.* 準時地

例 When **prompted**, enter your conference code followed by the pound (#) key.

當提示訊息出現時,請輸入您的會議代碼,打完後按井字鍵(#)。

promptly [prɑmpt] adv. 迅速地、準時地

6. 若會議識別碼輸入有誤,請在訊息說明後,再次輸入

ID (identification [aɪ,dɛntəfə`keʃən]) *n.* 身分證明

例 If you enter an incorrect Conference **ID** you will hear the message saying that no meeting with that number can be found. Please try entering your Conference ID again and then press hash.

若您輸入的會議識別碼不正確,您會聽到一個訊息,説沒有此號碼的會議存在,請再一次輸入您的會議識別碼,結束後按井字鍵。

7. 告知電話會議的撥打號碼與會議識別碼

access [`æksɛs] *v.* 進入、進入的權利、（電腦）存取

例 Please dial +1 855 304 0925 and use the conference ID 68931202 to **access** the conference call.

請撥打+1 855 304 0925，並用此會議識別碼 68931202 來進入參加這一場電話會議。

8. 提議三方通話的電話會議，澄清問題，找出解決方案

three-way calling

例 I'll make a **three-way calling** to you and also to the end user so that we could clarify the problem and find a way to solve it.

我會撥個三方通話給您和使用者，這樣我們才能澄清問題何在，並找出解決的辦法。

9. 邀約參加說明新產品網路直播活動

webcast [wɛb ,kæst] *n. v.* 網路直播

例 I would also like to invite you and your colleagues to participate in our upcoming live **webcast** event talking about our new product.

我想要邀請您或您的同事參加我們即將舉行的**網路直播**活動，談談我們的新產品。

❓ 國貿人提問：跟國外廠商開會，業務事聽不懂⋯

我是一家藥品經銷商的外貿專員，剛進這家公司時，看到有那麼多的藥品名與化學原料名，我都快昏了！但為了快些上手，我努力地練藥品名與化學原料名的唸法，自己也買了一本《常用藥品大全》，讓我在家也能多查多記。有一天，業務經理告訴我國外原廠人員要來，要我也參加會議，幫他翻譯。我熱切地回說好，心裡也偷偷竊喜著，因為我這段時間唸藥名記藥名的努力終於要派上用場啦！開會時，當討論到產品、說到藥名，我都優雅地微笑著，稱職地做著我的翻譯工作，後來談到了市場，啥？競爭廠商有這家那家？他們各自的在台經銷商？有一家經銷商原是另一個競爭廠商的經銷商？吼！我聽不太懂也理不出老闆不斷吐出的長長長長的訊息，所以我開始不優雅了！英文開始說不順了！一起開會的所有人都看出我的窘況！我真的是整個羞愧到不行！怎麼會這樣？我有備而來的耶！那之後開會又出現這種情況怎麼辦啊？！

不想要有突發狀況、不想要惶恐但卻開始怕了開會的 Lucy

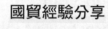

國貿經驗分享

親愛的 Lucy，看了妳的來信，我看到的是一個認真、負責、積極的大好女青年呢！妳先別慌，再想一下妳所說的情況⋯好了，請問妳覺得現在妳要加強補充哪方面的知識？對啊！就是妳開會中不熟悉的那一大段關於競爭廠牌的事！

妳很積極、很有規劃，早已先搞定了工作上困難的專

業術語那一塊，現在妳發現了跟國外原廠開會還會談到好多業務事，那我們就可動手來整理一下這部分到底會談到多廣？有多少資訊我們得補進來？而説到競爭廠牌，到底有哪幾家？他們是獨家經銷商嗎？還是開放著給好幾家經銷？這部分的知識就要來好好**請教妳的業務同事與主管**了，妳要**整理個關係圖或列表都好**，只要能讓妳清楚記下資訊就可以了！等蒐集資訊的工作結束了，是否就可不用再管，等下次要開會時再拿出來複習一下就好？開會前的準備、複習是一定要的，但請不要忘了平時這些資訊可是會常常在妳業務主管與業務人員口中談來説去，只要我們耳朵開著，這部分的資訊就可持續地更新與增強記憶強度呢！

另一方面，若要讓我們在開會時不要被這類的突發狀況嚇到，**請在開會前，自己先整理一下國外廠商已提及所要討論的主題**，再來請教妳的主管，問問除了這些主題之外，還會提出什麼樣的議題，有了這樣的資訊後，妳要開始做預想模擬的動作，會議中會怎麼談？可能會談到哪些事情與問題？這些問題有可能怎麼回答呢？當妳做完了這樣的準備，我們不能説開會時絕絕對對不會有除了這些預想之外的議題，但我們可以説，妳已經做足了準備，心理上會更為踏實，開會時會讓妳更為從容，就算再有什麼狀況，把它當作新知，**當作我們可以再更為擴充我們對事情觀看視界的養分**，這樣一來，再開個幾次會，就沒有什麼事情會難得了妳呢！

5-5 展覽大觀

國貿主題介紹

　　「會展產業」稱為「MICE」，其包含了這四項展演活動的類型：Meeting／會議、Incentive／獎勵旅遊、Convention／國際會議、Exhibition／展覽，而「會展」二字想當然耳指的就是「會議」與「展覽」了，其產業的範疇也包含了在會議與展覽籌辦過程中所涉及的「活動」、「旅遊」及其所衍生、相關的行為。在「MICE」這個頭字語裡頭，就說了 meeting、convention、exhibition 這三種常見的會議展覽類型，但還有其他很多種不同名稱的會展吧？是啊！除了會、展之外，也還有很多由學會（society）所主辦（organize）的討論會呢！我們在這兒就將這十來個大代誌列個表來瞧個熱鬧吧！

會議	Meeting	會議	Convention	會議、大會
	Conference	會議	Congress	代表大會
	Assembly	集會	Colloquium	學習報告會
展覽	Exhibition	展覽	Exposition	博覽會
	Fair	展覽	Show	秀、展覽
討論會	Seminar	專題討論會	Workshop	專題討論會 研討會
	Symposium	討論會 座談會	Panel Discussion	討論會

1. 廠商通知展場位於國際會議展覽中心

convention [kən`vɛnʃən] *n.* 會議、大會

例 MEDLAB Asia Pacific will take place at the Suntec Singapore Exhibition & **Convention Centre**.

亞太醫材展將於新加坡新達城國際**會議**展覽中心舉辦。

2. 廠商通知將積極參與下屆會議

congress [`kɑŋgrəs] *n.* 代表大會

例 We will be actively participating in the next **congress** organized by the American Society for Bone and Mineral Research in Seattle from 9th to 10th October.

我們將會積極地參與由美國骨骼與礦物質學會主辦的下屆**會議**，其將會在 10 月 9、10 日於西雅圖舉行。

3. 廠商通知參展與攤位號

exhibition [ˌɛksə`bɪʃən] *n.* 展覽，展示會

例 We will be at the **exhibition** held in Seattle on May 14th thru May 16th and will be located at Booth 0608.

我們將會在 5 月 14－16 日參加西雅圖的這場**展覽**，攤位會設在 0608 號處。

4. 廠商敬邀客戶前往參加博覽會

exposition [ˌɛkspəˈzɪʃən] *n.* 展覽會；博覽會

例 You're welcome to visit us at Booth # 304 at the 2018 AAPS Annual Meeting and **Exposition**

歡迎您前來 2018 AAPS 年會與博覽會上的 304 號攤位與我們見面。

5. 廠商通知參展，展覽期間也會舉辦研討會

seminar [ˈsɛməˌnar] *n.* 專題討論會

例 We will be exhibiting at the MEDLAB 2018 Asia Pacific and also delivering a technical **seminar** on April 4th.

我們將會參加 2018 年亞太醫材展，在 4 月 4 日時，也會辦一場技術研討會。

6. 廠商告知可於經銷商方便的時間舉辦工作坊

workshop [ˈwɜkˌʃɑp] *n.* 專題討論會，研討會

例 We could offer a **workshop** about automatic systems at time and date which best fits our distributor' schedules.

我們可以辦一場最能合乎我們經銷商時間與日期要求的自動系統研討會。

7. 廠商提醒座談會報名快要截止了

symposium [sɪmˈpozɪəm] *n.* 討論會，座談會

例 The registration deadline is approaching. Please be reminded not to miss this chance to be part of our free **symposium**.

快要截止報名了，在此提醒您不要錯過參加這場免費座談會的機會。

8. 廠商詢問客戶有無要參加學會舉辦的年會

society [sə`saɪətɪ] *n.* 協會、學會、公會、社會、交際

例 I would like to check with you to see if you or anyone from your company will be attending **Society** for Neuroscience's annual meeting this year.

我想跟您問一下您或您公司有沒有人會來參加今年神經科學**學會**的年會。

9. 廠商通知將會贊助由學會主辦的會議

organize [`ɔrgə,naɪz] *v.* 組織、安排

例 We'll be sponsoring the next conference **organized** by Nutrition Society.

我們將會贊助由營養學會所**主辦**的下一場會議。

organizer [`ɔrgə,naɪzɚ] n.主辦單位

organized [`ɔrgən,aɪzd] adj. 有條理的

organization [,ɔrgənə`zeʃən] n. 組織、機構；體制；結構

5-6

廠商參展，敬邀前往

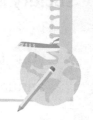

國貿主題介紹

　　廠商為了增進品牌知名度、建立領導（leading）品牌形象、增加曝光度、收集潛在客戶名單，以及提升銷售實績等目的，每年都會精心分析、策劃出席（present）好幾場的國內外展覽。待廠商決定參展（exhibit）之後，對於這樣重要的大代誌，定會通知所有的舊雨新知，邀請全球的經銷商及客戶前來參與盛會，同時也藉此千里來相會的機會，請經銷商在展覽、會議（conference）的期間或前後，依經銷商自己時間上的方便性與偏好（preference)，前來廠商的攤位（booth, stand)，跟經銷商來個會面（appointment)，共同討論一下市場大事與大勢，廠商也可經銷商實地、詳細介紹一下新產品，做個現場展示（demonstration)，讓經銷商這一程差旅能夠充實又有收穫，不只看了展，也與廠商這合作夥伴見了面、敘了舊，還可對廠商的新發展與新產品有更多的認識，亦能建立、促進、鞏固雙方的良好關係呢！

 94這樣翻

1. 廠商自我介紹，敬邀客戶前往參加並會面

leading [`lidɪŋ] *adj.* 領導的、主要的；n. 領導

例 We are one of the **leading** brands on heating systems in Europe and will be present at Stand 14 in the exhibition. You're welcome to stop by to find out more about our products.

我們是歐洲加熱系統的**領導**品牌之一，將會參加此展覽，攤位號碼為 14，歡迎前來參觀，讓您對我們的產品有更多的認識。

2. 廠商通知參展，歡迎有興趣的經銷商前往會面

present [`prɛznt] *adj.* 出席的、現在的；n. 禮物

例 We will be **present** at Medlab Singapore and are looking for new distribution partners in your country. If you would like to discover more about our products let's set up a meeting for you on the 3, 4 or 5th April.

我們將會**參加**新加坡的醫材展，同時也要在您國家尋找新的經銷夥伴，若是您想要對我們的產品有更多的瞭解，請讓我們在 4 月 3、4 或 5 日為您安排個會面。

3. 廠商通知參展，歡迎客戶前來洽談，告知需求

exhibit [ɪg`zɪbɪt] *v.* 舉辦展示會、展出、展示、顯出

例 We will be **exhibiting** at BioPharma Asia. You're welcome to come along and speak to our sales representatives about your requirements.

我們將會參加亞洲生物醫藥展，歡迎您前來跟我們的業務代表洽談，告訴我們您的需求為何。

4. 廠商通知將再次參展，並舉辦訓練課程

conference [ˋkɑnfərəns] *n.* 會議

例 The plan is to deliver a small training in a seminar room during, or the day before, the **conference**. Hope you could plan to attend Medlab and join the training course.

我們計畫於會議期間或前一天，在研討室辦一場小型的訓練，希望您能計畫前來參觀展覽，並參加此訓練課程。

5. 廠商通知參展攤位號，請客戶告知偏好何時會面

preference [ˋprɛfərəns] *n.* 偏愛、優先（權）

例 Please stop by our booth, # 0304, to learn about our new products. If you would like to arrange a meeting, please reply to this email with a date, time, and location of your **preference**.

請來 0304 的攤位，瞭解我們的新產品，若是您想要安排個會面，請將您偏好的日期、時間與地點以 e-mail 告訴我。

6. 廠商邀請客戶前來攤位參觀，並為其展示新產品

booth [buθ] *n.* 攤位、貨攤

例 We will be more than pleased to meet with you at our **booth** and have the opportunity to present to you our new products.

我們會很高興能在我們的**攤位**上與您會面，並藉此機會為您展示我們的新產品。

7. 廠商通知參展，表示樂意當面為客戶解答任何問題

stand [stænd] *n.* 攤子

例 We will be present with a **stand** at the exhibition. It would be my pleasure to welcome you personally there and to answer any questions you may have about our products.

我們會在展覽中有個**攤位**，我若能親自在會場上接待您，回答您對我們產品的任何問題，將會是我的榮幸。

8. 廠商通知參展，如想要會面，提出要求即會安排

appointment [ə`pɔɪntmənt] *n.* 任命、約會、（會面的）約定

例 Please join us at Medlab Asia Pacific (Stand number H05) during 3rd-5th April. To book an **appointment** with us, you could simply send a request to us.

請跟我們一同參加 4 月 3－5 日的亞太醫材展（攤位號碼 H05），您只需跟我們提出要求，就可與我們訂個時間約**會面**。

9. 廠商通知將在展場展示新系統，詢問客戶欲參加否

demonstration [,dɛmən`streʃən] *n.* 示範、展示、論證

例 We will be attending the exhibition and have the new system on the stand for live **demonstrations**. Please let me know in advance if you plan to attend ECTS and on which dates.

我們將會參展，會在攤位上做新系統的現場**展示**，請事先告訴我們是否您有計畫參加此展覽，以及日期為何。

5-7

經銷商參展，廠商支援前線

　　經銷商參展對廠商來說，是行銷其品牌的一大策略，因此，廠商在年度的業務會議上，多會請經銷商告知下一個年度的參展計畫，以評估經銷商為其行銷的力度，同時亦可針對所參加的展覽，以及在展覽上的行銷方向與方式給予建議。對於這樣的參展活動，經銷商會要求廠商支援，提供相關的行銷素材與文宣資料，而廠商也一定會先問問展覽的議程（**programs**)、主題（**topics**）為何，有了方向後，不管是大尺寸的攤位背板（**panel**)、廣告畫布 （**banner**）架、海報（**poster**)，到小如型錄、單張文宣等等，都是展覽前少不了的溝通要點。除了這些素材之外，當然還有展覽上必不可少、免費贈送的（**complimentary**）小禮贈品（**giveaways**），以及抽獎好禮與大禮，以期吸引賓客前來攤位參觀。

　　而在行銷素材與禮品之外，廠商也可以提供金錢上的贊助（**sponsorship**），分攤攤位成本，或是提供折扣優惠券（**coupon**），給予在會場或展覽期間所下訂單最實惠的價格優惠！經銷商對於自身的參展當然會有其規劃，而廠商更是擁有參與各大展覽的豐富經驗，自然能夠有效地幫助經銷商在展覽上獲得最大的成效！

1. 廠商請經銷商提供展覽議程，以決定提供哪些海報支援

program [`progræm] *n.* 議程、程序、方案、計畫、

例 We'd like to review the exhibition **program** so as to decide which posters suit the topics.

我們想要看看此展覽的**議程**，這樣我們才好決定哪些海報符合展覽的主題。

2. 廠商詢問展覽主題，以能提供適合的型錄

topic [`tɑpɪk] 主題、題目、標題

例 Please give us more information on the **topics** of the exhibition so that we could recommend the most appropriate catalogs for you.

請多提供些展覽**主題**的資訊給我們，好讓我們能夠給您建議，看哪些型錄會最適合。

topical [`tɑpɪk!] adj. 主題的、題目的、（醫）局部的

3. 廠商建議使用在其他展覽上反應不錯的背板設計

panel [`pæn!] *n.* 壁板、嵌板、專題討論小組

例 We suggest to change one of your **panels**. We used the attached panel design and it works pretty well at other exhibitions.

我們建議替換掉您的一塊**背板**，我們有用過附件的這個背板設計，它在其他展覽上的效果很好。

4. 廠商推薦吸睛效果的廣告畫布架

banner [ˋbænɚ] *n.* 橫額、廣告畫布

例 We have several **banner** stands which are eye-catching for exhibitions. If you need, please just let me know.

我們有好幾種廣告**畫布**架,在展覽上很有吸睛效果,若您有需要,還請告知。

5. 廠商可提供新版海報,問經銷商所需數量為何

poster [ˋpostɚ] *n.* 海報

例 We've just released new **posters** for the product line. We can send to you for your upcoming exhibition. Please let me know the quantity you would like us to send in your regular shipment.

我們剛推出了此產品線的新版**海報**,可以寄給您,供您在將要舉辦的展覽上使用,請告知您要我隨固定出貨所寄送的數量為何。

6. 廠商將會寄出一箱贈品,供經銷商展覽用

complimentary [ˌkɑmpləˋmɛntərɪ] *adj.* 贈送的、讚賞的

例 We are happy to send you a **complimentary** box of 100 notepads (5" x 8") and 200 pens for your exhibition.

我們很樂意寄給您一箱**贈品**,裡頭會有 100 本記事本(5" x 8")和 200 支筆,供您在展覽上使用。

7. 廠商詢問經銷商對贈品的贈送規劃與所需數量

giveaways [`gɪvə,we] *n.* 贈品

> 例 Please tell me more about your marketing plan for distributing the **giveaways** at the conference along with your requested quantity.

請多告訴我一些您在展覽上發送這些**贈品**的行銷規劃，以及您要的數量有多少。

8. 廠商願提供金錢贊助，請經銷商分享展覽規劃的想法

sponsorship [`spansə,ʃɪp] 資助、贊助費

> 例 We would like to offer you a $1,000 **sponsorship** for the conference. Please share with us your ideas for booth design and marketing literature.

我們想要提供給您$1,000 美元，**贊助**這場會議，還請您跟我們分享您對攤位設計與行銷文宣的想法。

9. 廠商提供折扣優惠券，展覽結束後一個月內下單可適用

coupon [`kupan] *n.* 減價優待券

> 例 We will offer 5% discount **coupons** to every visitor who places an order within one month after the exhibition.

我們會提供 5%折扣的**優惠券**，給每一位在展覽後一個月內下單的看展客戶。

PART 6
教育訓練篇

廠商在推出新機種、新技術時多會舉辦教育訓練課程，以讓全球經銷商都能在知識與技術上更新、升級，以能準備就緒地來開創新市場與發展業務新契機！

　　研討會分有登高一呼、立馬上線上場的線上研討會，也有真正聚首、有利於實作，並有助於建立感情聯繫的實體研討會，不同的方式有不同的登記報名方式與安排工作，了解了有何事項須事先聯繫之後，一切就好辦了，照著辦就能成功參與研討，吸收新知，蓄載新動能！

6-1 歡迎參加線上研討會

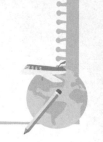

　　廠商要舉辦線上研討會（webinar）的機會很多，例如新產品的發表與介紹、重點產品的行銷說明、新技術或關鍵技術的教育訓練等等，這些都會是廠商登高一呼、搖旗吶喊地邀請經銷商或是有興趣的客戶快快上線報名登記（register)，或是發送邀請函（invitation)，請大家來共襄盛舉！廠商會在會前通知與會者有關研討會的議程，讓與會者先行瞭解一下每個時段、場次（session）的討論主題，也可事先準備一下想要提問的問題，好在研討會上得到解惑的機會。而在研討會結束前，廠商也會做個問卷調查（survey），以了解與會者的學習結果與建議，做為該次研討會的評估檢討，以及往後研討會規劃的參考。

　　那對於有興趣參加，但因為不同時區（time zone）或有其他行程而無法上線的人，該怎麼辦呢？不用擔心，這樣的研討會廠商都會全程預錄（pre-recorded)，上傳（upload）錄影存檔（recording）到雲端空間，或是放到網站或社群媒體上，讓經銷商、客戶或潛在客戶隨時都能觀看、學習呢！

1. 廠商通知即將舉行新產品的線上研討會

webinar [wɛmə,nɑr] *n.* 線上研討會

= web + seminar

> 例 We will be hosting a **webinar** on newly launched products, scheduled to take place on Friday 3rd November 2018.

我們將會針對新推出的產品辦一場**線上研討會**，預計在 2018 年 11 月 3 日舉行。

2. 廠商請客戶選個適合的日期，登記參加線上研討會

register [ˋrɛdʒɪstə] *v.* 登記

> 例 If you or your colleagues would like to attend this webinar, please **register** on one of the dates that work best for you.

若您或您的同事想要參加這場線上研討會，請在如下幾個日期裡，選一個最合您時間的一場來**登記**。

registration [ˌrɛdʒɪ`streʃən] n. 登記、註冊

3. 詢問是否有其他人有興趣參加線上研討會，可發邀請函

invitation [ˌɪnvəˋteʃən] *n.* 邀請、邀請函

> 例 If you have any contacts that you feel would be interested in signing up to the webinar, please let me know and then I'll send them our **invitation**.

若是您覺得有任何其他人會有興趣報名登記這場線上研討會，就請告訴我，我會發**邀請函**給他們。

Invite [ɪnˋvaɪt] v. 邀請、請求、招致

4. 說明在線上研討會上會安排簡報與問答時段

session [ˋsɛʃən] *n.*課程、講習班、會議、集會

> 例 The webinar will comprise presentations from our Product Manager on the topic below, followed by a question and answer **session**.

這場線上研討會將會有我們產品經理針對下列主題做簡報，之後就是問答的**時段場次**。

5. 請參加者填寫會後問卷調查，給予回饋

survey [səˋve] *n.* 調查、調查報告；*v.* 調查

> 例 To make sure we are offering webinars that best fit your interests, please participate in this short **survey** and share some feedback with us.

為了確保我們所提供的線上研討會能最切合您的興趣，請參加這個簡短的**問卷調查**，跟我們分享一些您的回饋建議。

surveillance [səˋveləns] n. 檢查、監督、看守

6. 詢問是否因時區、日期關係而無法參加

time zone 時區

> 例 Please confirm if you and your customers will have any difficulty in attending the webinar due to different **time zones** or the date.

請確認是否您或您的客戶會因不同**時區**或因為日期的因素，而無法參加此線上研討會。

7. 線上研討會會有預錄存檔，之後會放在通訊媒體上

pre-record [ˌpriːrɪˈkɔrd] *v.* 預先錄製

例 The webinar will be **pre-recorded** for future dates and various communication channels such as our website and social media.

此線上研討會將會預錄供日後之用，也會公布在幾種不同的通訊管道，像是我們的網站及社群媒體上。

8. 通知將會上傳簡報資料，供與會者開會前參考

upload [ʌpˈlod] *v.* 上傳

例 The presentation slides will be **uploaded** to Dropbox for your reference before the webinar when they are available.

簡報投影片好了之後，就會上傳到 Dropbox，供您在線上研討會舉行之前參考。

download [ˈdaʊnˌlod] v. 下載

9. 若無法參加，仍請報名登記，之後可收到錄影檔

recording [rɪˈkɔrdɪŋ] *n.* 錄影（音）；*adj.* 紀錄的、錄影（音）的

例 If the webinar schedule conflicts with your work, please register still and you'll receive a copy of the **recording**.

若是此線上研討會的時間跟您的工作有衝突，還是請報名登記，這樣您就會收到其錄影存檔。

6-2 開辦實體研討會

國貿主題介紹

　　當廠商通知要舉辦實體研討會時，經銷商及客戶會想要快快知道的不外乎就是時間、地點（venue、location），以及主題與內容了！因此，在廠商通知開辦實體研討會時，就一定得送上這些個訊息，好讓經銷商與客戶好好評估一下能否參加，以及參加的興趣了！

　　在研討會通知裡的主題與內容部分，通常會說到主題（keynote）演說（speech）的主講人及其基本背景介紹，有的還會加上主講人所發表文章（article）的摘要（abstract）內容，讓想要參加的人對於將要聆聽、將接受新知洗禮的方向有個踏實的初步認識。

　　除了研討會舉行的時、地與演講之外，我們還會看到關於生成、促成研討會的幕後相關人士與組織，主要有兩種角色：主辦（organized by）與贊助（sponsored by)，有時還會看到說明該組織是由業界知名人士所主持（chaired by）的…藉由這些背景資訊，同在業界的人也可得悉此國際研討會的重要性與規模呢！

 這樣翻

1. 廠商告知研討會舉行地點尚未決定，可能是與去年一樣的地方

venue [`vɛnju] *n.* 集合地、發生地

例 The **venue** for the seminar this year has not yet been finalized, but will probably be at the same place as last year.

今年研討會的**地點**還沒底定，不過可能會是在跟去年同樣的地方。

2. 廠商先行提醒研討會舉辦地點與往年不同，確定後會通知

location [lo`keʃən] *n.* 位置、地方

例 Please note that the **location** of the seminar this year is different to previous years. We'll provide an update once we have further information.

請您注意一下，今年研討會的**地點**會跟往年不同，等我們有進一步的更新消息之後，就會通知您。

locate [lo`ket] *v.* 把…設置在、使…座落於

3. 廠商介紹研討會的第一位主題講者為何許人也

keynote [`ki,not] *n.* （演說等的）主旨、基調、（音樂）主音

例 The first **keynote** speaker will be Dr. Finn, our Technical Support Manager.

第一位**主題**講者將會是我們的技術支援經理，費恩博士。

4. 廠商通知研討會的主題演說主講人與主題

speech [spitʃ] *n.* 演說、致詞、言詞

例 At the seminar, Dr. Sawyer will deliver a keynote **speech** which will focus on our latest technology.

在研討會上，沙耶博士將會發表關於我們最新技術的主題演說。

5. 廠商將研討會上將討論的主題文章發給與會者

article [`ɑrtɪk!] *n.* 文章、物品

例 Attached please find the **article** which will be presented by Dr. Polly. It will also be the basis of the seminar discussion.

在此附上波利博士要發表的文章，這也會是這場研討會所要討論的文本。

6. 經銷商請要發表演說的原廠人員提供摘要

abstract [`æbstrækt] *n.* 摘要、梗概； *adj.* 抽象的；[æb`strækt] *v.* 做摘要、使抽象化

例 Please give me first the title of your speech and also the **abstract** of approximately 500 words. We need to send to the organizer of the conference.

請先給我您演說的題目，以及 500 字左右的摘要，我們得要發給會議的主辦單位。

7. 廠商通知研討會的主辦單位與舉行地點

co-organize [koˋɔrgəˌnaɪz] *v.* 協辦

例 The Seminar is **co-organized** by the PAC Society and will be held in the conference center near our office.

這場研討會是由 PAC 學會**協辦**，將在我們公司附近的會議中心舉行。

co-organizer 協辦單位

8. 廠商邀請客戶參加由其贊助的研討會

sponsor [ˋspɑnsɚ] *v.* 贊助；n. 贊助者

例 You're cordially invited to the seminar **sponsored** by our company and held on Sep. 8th & 9th, 2017.

誠摯地邀請您前來參加這場由我們公司**贊助**的研討會，其將於 2017 年 9 月 8、9 日舉辦。

9. 廠商告知研討會主辦單位的主持人為何許人也

chair [tʃɛr] *v.* 主持、擔任…主席；n. 主席

例 This seminar is organized by an international research group **chaired by** our founder Dr. Thatcher.

這場研討會是由我們創辦人柴契爾博士**主持**的國際研究團隊所主辦的。

6-3 實體訓練課程細安排

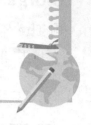

　　雖說以線上研討會方式舉行的教育訓練課程可以一辦再辦，還可讓人日後一看再看，但對於初階、進階（**advanced**）的應用實戰知識，必須動手（**hands-on**）實際操作（**operation**）才能紮實習得時，就非得要尋回傳統的實體課程，讓大夥兒集聚一堂，在互動式的（**interactive**）教學環境下交換（**exchange**）意見，看現場示範，實作後快快上手！

　　實體課程通常會排個兩、三天，讓千里迢迢飛來的學員們能夠學得既盡興又完整！不過，上課上個一天以上，有沒有可能昨天上了的，睡了一大覺後就忘了一半呢？當然有可能，所以通常在第一天課程結束前，廠商會用心排個總結（**summary)**、整合（**wrap-up**）的時段，幫大家複習一下重點，在隔天課程開始時，還會先重述一下重點（**recap)**，讓學員再次強化一下前一天的習得內容，以能在新的一天裡接續著學習更進階的課程。而到了訓練課程的最後，多會安排出時間來做個總結（**conclusion)**，協助學員統整學習成果，讓大家能保有最佳的記憶，回國後才能夠將所學得的新知與新技能，盡可能完整地教導同事，並以之服務客戶！

 94這樣翻

1. 預告實作課程將會有新儀器的示範操作

hands-on [ˋhændzˋɑn] *adj.* 實際動手做的、實用的

例 The practical session on Day 2 will feature demonstrations and participants will gain **hands-on** experience of the new instrument.

第二天實作課程的特色會是示範操作，參加的學員將可學得此新儀器的**動手實作**經驗。

2. 通知訓練課程將會有完整的新技術操作培訓

operation [ˌɑpəˋreʃən] *n.* 操作、作用、經營

例 All aspects related to **operations** of our new technology will be covered in the training.

與這項新技術**操作**上有關的各方面事項，我們在這次訓練中都會教到。

operate [ˋɑpəˌret] v.

3. 通知訓練課程將展示系統的進階應用

advanced [ədˋvænst] *adj.* 進階的、先進的

例 The **advanced** application of the system will be demonstrated during the training course.

在這次的訓練課程中，將會就這個系統的進階**進階**做展示。

4. 互動課程中可提出對所學新系統的的任何問題

interactive [ˌɪntəˈæktɪv] *adj.* 互動式的

例 Day 3 will be an **interactive** session to discuss fully all your questions on the new system.

第三天將會是**互動式的**課程，會徹底討論您們對此新系統的所有問題。

5. 實作訓練後有排討論時段，供學員交換意見

exchange [ɪksˈtʃendʒ] *n. v.* 交換、兌換

例 After the hands-on training, there'll be an informal session for all participants to **exchange** ideas.

在實作訓練之後，將會有一場非正式的討論時段，讓所有參加的學員彼此**交換**意見。

6. 第一天訓練課程結束前會有問答與總結時段，歡迎學員分享

summary [ˈsʌmərɪ] *n.* 總結、摘要；*adj.* 概括的

例 The first day of the training course will end with a question and answer review and **summary** session. All traninees are encouraged to share your ideas and what you've learned.

第一天的訓練課程會安排以問答與**總結**時段來做個結束，歡迎所有的受訓學員與大家分享想法與所學到的東西。

7. 第一天訓練結束前會來個總結整合

wrap-up *n.* 總結、整合

例 We will arrange a final activity at the end of Day 1 training as a **wrap up** session.

我們在第一天訓練結束前會安排個最後的場次來做**總結整合**。

8. 第二天課程會先做重點回顧，接著才開始簡報說明

recap [`rikæp] *v. n.* 總結、扼要重述

例 Day 2 will be a series of presentations after **recapping** on previous sessions.

第二天在重述先前場次的重點之後，就會開始一系列的簡報說明。

9. 總結場次會討論上課心得與所學技能，並填寫意見回饋表

conclusion [kən`kluʒən] *n.* 結論、結束、締結、議定

例 In the **conclusion** session, we'll discuss the course and also the skills learnt. Prior to leaving the training room, please complete the Course Feedback Form.

在**總結**的時段場次裡，我們會討論課程以及所學到的技能，離開訓練教室前，還請填寫課程意見回饋表。

conclude [kən`klud] v.

？國貿人提問：國外廠商來台做產品教育訓練，老闆要我口譯！

我在一家代理顯微鏡的小型公司當業務代表，除了經理之外，業務代表連我共四位，另外有兩位技術工程師，還有一位業務祕書。最近英國原廠的產品經理要來我們公司開會，還會辦一場新機種的教育訓練，也請我們邀請幾位有興趣的重要客戶一起來聽。我覺得這樣子挺好的，可以讓我們學到新產品的優勢與市場競爭力等重要資訊…這一切的好，都在主管叫我進去他辦公室之後嘎然而止？主管要求我在英國產品經理開講時，幫他做逐步口譯！啊這…這不是說上場就上場的吧？！我趕忙跟主管說，應該請業務祕書來做這工作，她英文可以啊！結果主管說因為這是產品方面的介紹，所以我會比業務祕書清楚很多…基本上是這樣說沒錯啦！可是…可是…俺怕嘛！請問 Amy，我是英文還可以，但我從來沒這樣做過口譯，看來這工作真的得落在我頭上，還得請您告訴我可以怎麼樣做？有什麼速成的訣竅嗎？請救救我啊～～～

心裡真的很怕，但又真的想把事情辦好的 Tim

國貿經驗分享

親愛的 Tim，你好！我相信你可以做得到、可以做得好耶！因為你已經有心要好好完成這一項任務，而且你也有心臨陣好好磨槍，只要我們把方法找來，你用心練一下功，一定會有好的表現的！那要怎麼練功呢？請先找來這幾樣**法器**：

➢ 原廠產品經理這次**教育訓練的簡報資料**

➤ 新產品的相關產品資料

➤ 原廠先前的 **webinar**／線上研討會影片

找齊了這些資料後，請依序仔細讀，先從簡報資料開始，**跟著練說一下英文**，因為教育訓練時會有人提問，此時也就會要你中翻英翻給原廠產品經理聽，接著，再請一個訊息也不漏地自己試翻成中文，有不夠清楚的地方就請開查，查到、問到你懂為止。

練過簡報之後，請開始看產品資料。我相信這資料對你來說應該是滿熟悉的，除了新機型的特色與表現數據資料與先前機型會有不同之外，其他的重點陳述內容與方式應都是你早就看過的，所以囉！從讀產品資料中你應該也會定心、安心一些呢！同樣地，請將這些資料唸出聲來，**好好練練「說」英文**，唸多了舌頭就會順多了！

最後的 webinar 影片練習，會讓你更紮實地覺得有練到功夫！以前你參加 webinar 只是聽，現在**除了更認真聽之外，也請務必一句一句跟著唸**…影片唸了一句後，就給它按暫停，讓你自己慢慢唸、跟著唸！這樣的唸法會讓你花上好些時間，但我們就是**要盡可能地讓自己完全準備好！要讓自己上場前累積足夠的信心**，等到上場時，認真做、盡力做就是！祝成功達陣！

PART 7
業績檢討篇

在一個季度、半年度、年度結束之際，大夥兒那想要回顧、比較、檢討的心就蠢蠢欲動了起來！所以囉！會說話的數字這時就會大聲了，廠商就會整理出前後期的業績、去年同期的業績，也會將業績目標大旗擺出來，看看是該為經銷商的實績表現拍拍手，請其保持原有的馬力繼續往前衝，還是即時適時鞭策一下，一同共商計議，協助經銷商追趕、補上落後的銷售量，期許下一次的業績檢討會議能有歡慶達標的歡呼聲！

前後期業績比一比

國貿主題介紹

　　當廠商要求與經銷商來開個業務會議時，經銷商就開始要繞著數字跑啦！除了當年各月、各季、整個年度的業務資料要整理出來，還要抓出上一個年度同時期的資料來比一比，一比之下，增減立見！不管是值得為自己拍拍手的業績成長，或者是讓人不免暗自低頭拭淚的業績衰退，都得要進一步地找出造成此變化的原因。原因分析出來了，不囉嗦，馬上要接著分析接下來的市場態勢與可施力的行銷策略…所以囉！前後期業績的比較工作不可少，是調整與擬訂接下來的行銷策略的一大依據，對於這麼必要的工作，我們就一定得要來看看比較出來的上上下下結果怎麼說囉！

　　1.「增增」日上

　　- 有成長之力：**rose**、increased、climbed、grew、went up

　　- 破格激增：hiked、soared、skyrocketed、**surged**、boomed

　　2. 不如從前

　　- 有衰退之勢：**decreased**、**reduced**、fell、**dropped**、**declined**、went down、dipped

- 江河日下：slumped、plummeted、**plunged**、nosedived、tumbled

3. 持平表現

- remained steady / **constant** / stable、stayed **constant**、stabilized、were flat-lining、leveled out、leveled off

4. 動盪時期

- **fluctuated**、rose and fell

1. 廠商表示經銷商在新產品銷售業績上，遠高於去年同期

rise [raɪz] *v.* 增加、上升、起立

例 We're thrilled to see that the revenue from the new product sales has **risen** by 30% compared with this time last year.

我們很興奮能看到新產品的銷售業績比起去年此時，**上升**了將近 30%。

2. 廠商表示經銷商的季銷售額高出今年第一季許多

surge [sɝdʒ] *v.* 猛漲、激增

例 Your sales volume hit US$ 100,000 last quarter! It has **surged** by almost 40% compared to the 1st quarter of this year!

您們上一季的銷售額達到了 US$ 100,000！比起今年第一季**飆漲**了將近 40%！

3. 經銷商的季銷售額低於去年同期

decrease [`dikris] *v. n.* 減少

例 The sales turnover in the 2nd quarter of 2017 **decreased** by 15% in comparison to the same quarter of 2016

2017 年第二季的銷售額比起 2016 年同季**減少**了 15%.

4. 經銷商表示此季低於上一季，但比去年同季高

reduce [rɪ`djus] *v.* 減少、降低、削弱、化為

例 In this quarter, our kit product sales have **reduced** slightly compared to last quarter but still rose by 5% when compared to the results of the same quarter last year.

我們套組產品這一季的銷售額比起上一季是有些微**下降**，但是比起去年同一季，仍是增加了 5%。

5. 廠商表示經銷商的季業績低於去年同季

drop [drɑp] *v.* 下降、落下；*n.* 下降、（一）滴、微量

例 We noted that your sales in the past quarter **dropped** by 25% when compared to the same quarter a year ago.

我們注意到您們上一季的業績比起去年同季**掉**了 25%。

6. 廠商表示經銷商去年的銷售額降低許多，某系列產品尤是

decline [dɪ`klaɪn] *n.* 下降、衰退；*v.* 下降、衰退、婉拒

例 We have noticed a steep **decline** of your sales last year, especially for ABA series products.

我們注意到您去年的銷售額**衰退**許多，特別是在 ABA 系列產品這部

分。

7. 廠商計算每月銷售額時發現經銷商業績驟降，詢問原因何在

plunge [plʌndʒ] *v.* 下降、急降

例 At the end of each month I summed up the total sales for the month, and I noticed your July sales **plunged** 30% to 50,000 USD only. Is there any reason for the sales slump?

每個月月底時，我都會加總當月的總銷售額，我發現您們七月的銷售額大幅下降了 30%，只做了 50,000 美元，有什麼原因造成此業績驟降嗎？

8. 廠商表示經銷商上半年的整體業績與去年同期差不多

constant [ˈkɑnstənt] *adj.* 固定的、不變的、持續的；*n.* 常數

例 Your overall sales performance in the first half of this year remained **constant** in comparison with the same period in the previous year.

您們在今年上半年的整體業績表現，跟前一年同期比起來是有維持著相同的水準。

9. 廠商表示經銷商近幾個月的銷售額波動大，請經銷商說明原因

fluctuate [ˈflʌktʃʊ,et] *v.* 波動、變動

例 Your sales volumes **fluctuated** significantly in the past months! Please explaint he reasons causing such fluctuation.

您們過去這幾個月的銷售額**波動**得非常大！請說明是因為哪些原因導致出現這樣的波動。

fluctuation [,flʌktʃʊˈeʃən] n.

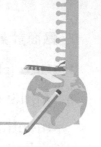

7-2 業績目標，調高拉低細協商

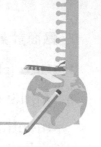

國貿主題介紹

　　在廠商與經銷商所開的年度業務會議上，「業績目標」絕對是最重要的議題！只要任何一方先提出（**proposed**）所建議的業績目標（**target**）之後，通常就會開始雙方的拉拒討論呢！

　　對於目標的設定，廠商會開高，想要下個年度有個漂亮的全球成長成績，於是多會偏向設定個積極的（**aggressive**）業績目標，也會提出建議，像是希望經銷商調整行銷策略，例如留住現有的（**existing**）客戶，並努力（**aim**）從競爭者（**competitor**）手中贏得客戶，以協助經銷商拿下訂單。

　　但是經銷商一定會想要壓低，想要固守在一個保守的（**conservative**）成長目標，就算有差不多的把握會達到（**achieve**）廠商所提的目標，也要盡力拉往一個較低的數字。有的經銷商是明白告訴廠商市場正在萎縮，需求（**demand**）正持續下降，讓廠商知悉何以提議較低的目標，好能為經銷商自己緩解一些未來一年被廠商「盯」的壓力，也較有機會享受到達標的滿足，甚至是超標的快意！

1. 廠商預期市場將會好轉，建議經銷商調高銷售目標

propose [prə`poz] *v.* 提議、建議、計畫

> 例 We've discussed your **proposed** sales target with our upper management team. We recommend you to set a higher target as the overall market is continually improving.

我們已跟我們公司高層管理團隊討論了您**所提的**銷售目標，我們建議您將目標設高一些，因為整體市場是持續好轉的。

proposal [prə`poz!] n.

2. 廠商說明何以訂定高銷售目標，並表示會提供支援

target [`tɑrgɪt] *n.* 目標；*v.* 把…作為目標、把…對準

> 例 We understand that 30% may be an ambitious sales goal, but we are here to support you so that you may achieve our high **targets**.

我們瞭解 30%可能是個很有野心的目標，但我們會給予您支援，因此您是有可能達到這個高**目標**的。

sales target 業績目標

target customers 目標客戶

3. 廠商提議設定個積極的銷售目標

aggressive [ə`grɛsɪv] *adj.* 侵略的、好鬥的、有進取心的

> 例 We propose to set an **aggressive** sales target for your company with the growth of 30%.

我們提議為您的公司設定一個**積極的**銷售目標，將成長率訂在 30%。

4. 廠商提議明年度的成長率目標

achieve [əˋtʃiv] v. 達到、完全

例 Please let us know whether it's okay for you to commit to **achieving** a 25% GR in 2018.

請告訴我們是否您同意 2018 年**達成** 25％的成長率。

achievement [əˋtʃivmənt] n. 達成、完成、成就

5. 廠商促請經銷商朝向擴大客戶群來努力

aim [em] v. 致力、瞄準；n. 目標、瞄準

例 You should **aim** to keep your current customers and also grow your customer base further. We'll assist by offering you the support to achieve the sales target.

您應該**努力**留住現有客戶並進一步擴大客戶群，我們會提供支援，協助您達成此業績目標。

6. 經銷商要求價格上的支援，以能從競爭者手中贏得客戶

competitor [kəmˋpɛtətə] n. 競爭者、參賽者

例 To achieve the growth target, we'll need more of your support on pricing so as to capture customers from **competitors** and keep current customers.

為了達成此成長目標，我們需要您在價格上給予更多的支援，以能從**競爭者**手中贏得客戶，並留住現有的客戶。

competition [ˏkɑmpəˋtɪʃən] n.競爭

7. 經銷商說明欲設定個保守的成長目標

conservative [kənˋsɝvətɪv] *adj.* 保守的、謹慎的

例 Frankly speaking, we do not expect next year to be as equally prosperous as this year so we prefer to set a **conservative** growth target of 10%.

坦白說，我們不認為明年會跟今年一樣好，因此，我們想要設個**保守**的成長目標，10%。

8. 廠商要求經銷商除了鞏固現有客戶之外，應多多開發新客戶

existing [ɪgˋzɪstɪŋ] *adj.* 現有的、目前的

例 With only **existing** customers, everyone will have to compete more on price. Therefore, we hope you could focus more on finding new customers to secure the future growth of your business.

若只有現有的客戶，每家公司都會在價格上競爭得更激烈，因此，我們希望您能夠多著重在找尋新客戶上，以確保您業務上的未來發展。

exist [ɪgˋzɪst] v. 存在、生存

9. 經銷商表示需求下降，得有更大的經銷商折扣，才能維持現有成長

demand [dɪˋmænd] *n. v.* 需要、要求

例 We have to say that the market is shrinking and the **demand** is declining. In order to still maintain our current growth, we'll need you to offer a larger distributor discount to us.

我們得說市場正在萎縮，**需求**持續下降，為了還能維持我們現有的成長，我們需要您給我們更大的經銷商折扣。

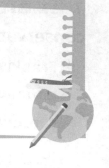

7-3 請提出銷售預測

　　準備是必要的，規劃是重要的！對於廠商而言，當要展開下一個新的年度或活動時，都需要有事前的評估與預測，有譜了、該要的資訊到位後，才有辦法擬定完善的計畫！經銷商通常在新的年度或廠商的會計年度開始（**commence**）之前，會收到廠商要求經銷商預作準備（**preparation**）、提出銷售預測的通知信，這樣的 email 內文通知通常頗短，但經銷商所要花費的工夫可就多多了！有的廠商會提供銷售預測的範本（**template**）、格式（**format**）或試算表（**spreadsheet**），讓經銷商以統一格式填寫，裡頭可能會將各個產品分欄列出，可能會要有市場的規模預估，以及公、私部門（**sector**）的市佔率預測分析（**breakdown**）。而在數值之外，也會有像是要求經銷商寫出預計（**anticipate**）將如何提高銷售額的規劃與做法這類的資訊。

　　對於廠商而言，若有精準的銷售預測，就能有順暢的生產管理，有最適的庫存控管，如此一來，也就能夠將可能會經歷（**experience**）嚴重缺貨的機率降至最低。訂貨順、出貨順，客戶滿意度高，回頭訂單就會穩來穩接，整個銷售循環就會順暢到令人通體舒暢呢！

1. 廠商要求經銷商提供自下個會計年度開始的一年銷售預測

commence [kə`mɛns] *v.* 開始、著手

例 To renew your agreement, we'll require a copy of your 12 month sales forecast **commencing** 1st April 2018 - to 31st March 2019.

為了展延您的合約，我們需要您自 2018 年 4 月 1 日**開始**至 2019 年 3 月 31 日這 12 個月的銷售預測。

commencement [kə`mɛnsmənt] n. 開始、發端、（美）畢業典禮

2. 廠商要準備銷售預算提案，請經銷商提出以產品分列的預測資料

preparation [ˌprɛpə`reʃən] *n.* 準備、預備、準備工作

例 We are beginning the **preparation** for the 2018 sales budget and need to have your sales forecast by product for this period.

我們正展開 2018 銷售預算的**準備工作**，需要有您對此期間以產品分列的銷售預測。

3. 廠商請經銷商在銷售預測範本上填寫資料並回傳

template [`tɛmplɪt] *n.* （電腦）範本、模板、樣板

例 I have to report the next year's budget to the top management in the coming days therefore please fill out the attached forecast **template** and e-mail to me asap.

在這幾天裡，我得跟高層管理階層報告明年度的預算，因此，請填寫附件的預測**範本**，再請盡快 e-mail 給我。

4. 廠商請經銷商使用所附的試算表格式來做銷售預測

format [`fɔrmæt] *n.* 格式、形式、樣式；*v.* （電腦）格式化

例 Please use the attached spreadsheet **format** for your sales forecast, which we look forward to getting by 27th October 2018.

請使用附件的試算表**格式**來做您的銷售預測，我們希望能在 2018 年 10 月 27 日前收到。

5. 廠商會每月寄發銷售預測試算表，供經銷商填寫

spreadsheet [`sprɛd,ʃit] *n.* 試算表

例 Attached is a forecast **spreadsheet**. We will send this out each month (mid-month) and would appreciate your prompt response in providing figures.

所附的資料是預測**試算表**，我們會每個月（月中）寄給您，若您能迅速回覆，提供預估數字，我們將會十分感激。

6. 廠商請經銷商告知市場規模，以及公、私部門的市佔率

sector [`sɛktɚ] *n.* 部分、部門

例 Please let us know the total volume for antibody market in USD in your country and also the share of public **sector** vs. private **sector**.

請告訴我們在您國家的抗體市場美金總額為何，以及公**部門**與私**部門**的佔有率。

7. 廠商請經銷商在做預測分析時，要將預期的成與敗都考量進去

breakdown [`brek,daʊn] *n.* 分類、分析、故障

例 When providing the **breakdown** on your forecast, please consider any expected wins and losses in sales.

在提供您的預測**分析**明細時，請將銷售上任何預期的成功與失敗考慮進去。

8. 廠商要求經銷商提出預計如何提高銷售額的計畫

anticipate [æn`tɪsə,pet] *v.* 期望、預料、準備

例 Please provide me with your sales and marketing plan and how you **anticipate** to grow the sales within your market.

請提供給我您的銷售與行銷計畫，以及在您市場上**預計**要如何來提高銷售額。

anticipation [æn,tɪsə`peʃən] n.

9. 廠商需精準的銷售預測，以管控庫存，避免再次經歷嚴重缺貨狀況

experience [ɪk`spɪrɪəns] *n. v.* 經歷、體驗、感受

例 We require accurate forecasting to help us manage stock and to avoid serious stock shortage like we've **experienced** over the past few months.

我們需要精準的預測，以幫助我們管理庫存，避免發生像是前幾個月所**經歷**的那種嚴重缺貨狀況。

7-4 利多利誘

廠商與海外經銷商是合作的好夥伴，廠商需要奮力戮力有謀略的經銷商為其品牌打天下，希望各地的經銷商都能為其衝高銷量，提升市佔率，達成區域業績目標！但是啊！市場總有詭譎時，競爭對手總有全力卯起時，而給經銷商設定的目標總有遲遲追不到的時候…那這可怎麼辦才好呢？除了檢討、分析、制定因應的行銷策略之外，有的廠商還會送上「紅蘿蔔」的利多利誘，為經銷商制定個紅利（**bonus**）、獎賞（**reward**），或是回扣（**rebate**）方案，讓經銷商能在有所期待中激發出更多的行銷動力！

獎勵方案的回饋金結構（**structure**）在設計上多會分出多層（**tiers**）的銷售目標與其對應的回饋金百分比或金額。廠商在回饋金的設計上，有一點一定要注意，所設定的各層業績一定要是可想見、可達成的（**reachable**）目標！待利多期間結束，經銷商就可辦理提交資料（**submission**）的手續，向廠商申請兌現（**redeem**）回饋金。廠商在收到申請後，就會驗證（**validate**）所提資料，如一切都符合方案的規定，那這利多回饋就會送到經銷商手上，讓獎勵化作實質的報償囉！

1. 廠商提供紅利，鼓勵經銷商達到其所設定的銷售目標

bonus [ˋbonəs] *n.* 獎金、紅利

> 例 In order to encourage you to increase your sales even higher, we have decided to offer you a **bonus** which will be calculated according to the sales targets we set.

為了鼓勵您們有更高的銷售額，我們決定要提供**紅利**給您們，此紅利會依照我們所設定的銷售目標來計算。

2. 廠商提供獎賞，鼓勵客戶使用其產品發表文獻

reward [rɪˋwɔrd] *n.* 報酬、獎賞；*v.* 報答、酬謝、獎賞

> 例 We will offer a **reward** to customers who published a paper using our products.

我們會提供**獎賞**給使用我們產品發表文獻的客戶。

3. 廠商執行回扣方案，以獎勵表現優異的經銷商

rebate [ˋribet] *n.* 回扣、貼現；*v.* 打折、給回扣

> 例 We will run a **rebate** program to reward distributors for their success with marketing and for reaching certain levels of sales goals.

我們將會執行一個**回扣**方案，以獎勵成功行銷及達到一定銷售目標水準的經銷商。

tax rebate 退稅

4. 經銷商表示回扣結構並不符合其市場需求與銷售狀況

structure [`strʌktʃə] *n.* 結構、構造；*v.* 構造、組織、建造

例 The current rebate **structure** is not the best fit for our regional demands and sales.

目前的回扣**結構**並不是那麼符合我們區域的需求與銷售額狀況。

5. 廠商說回扣方案所訂的層層銷售目標是可達成的

tier [tɪr] *n.* 一層、階層、等級；*v.* 層疊

例 We have restructured the rebate **tiers** to provide reachable targets for you to earn rebates in 2018.

我們已調整了回扣的**層級**設計，所給的是您們可達成的目標，可讓您們在 2018 拿到回扣獎勵。

6. 廠商告訴經銷商要達標得加把勁，所設定的目標是可達成的

reachable [`ritʃəb!] *adj.* 可達到的

例 You will have to put in some extra effort in order to reach this target but we definitely believe this target is **reachable** for you.

您們需要再多努力一些，才能達到此目標，不過我們確信這目標對您們來說是可以達到的。

7. 廠商可查核任何回扣申請及要求回扣提送資料

submission [sʌb`mɪʃən] *n.* 提交（物）、呈遞（書）、屈服、恭順

例 We reserve the right to verify any application for rebate and the **submission** of rebate claims.

我們保留查核任何回扣申請及回扣要求**所提送資料**的權利。

8. 如不符合回扣規定期間與條件，則不予兌現

redeem [rɪ`dim] *v.* 贖回、恢復、償還、兌現、兌換、補救

> 例 Rebates cannot be **redeemed** after October 13, 2017 or if rebate promotion terms and conditions are not met.

未於 2017 年 10 月 13 日之前辦理，或是不符合回扣的促銷條件規定，皆不得**兌現**回扣。

redemption [rɪ`dɛmpʃən] n.

9. 回扣促銷結束後會驗證所提資料，無誤則會處理付款事宜

validate [`vælə,det] *v.* 使有效、證實、驗證

> 例 At the conclusion of the promotion (October 13, 2017), we will **validate** your purchases and rebate form submission and issue you a check for the total amout.

在促銷結束時，我們會**驗證**您所提交的購買與回扣表資料，並就總額開支票給您。

valid [`vælɪd] adj. 有效的、合法的

validation [,vælə`deʃən] n. 認可、批准、確認

PART 8
合作關係篇

廠商要放眼天下，佈局全球，就需要在各國擁有合作的經銷商，希望經銷商能努力為廠商開拓當地市場、搶下灘頭！從經銷商的角度來說，若能與廠商簽立正式經銷合約，取得授權書，則可正式享有經銷商的優惠待遇。

　　若是該廠商品牌在當地市場上有其發展潛力，那麼，經銷商就會努力爭取獨家經銷權，以能不受其他在地經銷商干擾、心無旁礙地推展品牌的市場規劃與行銷大計！

8-1

洽談經銷合作關係

國貿主題介紹

　　經銷商會不斷尋找與廠商洽談經銷合作的機會，若能建立夥伴關係（**partnership**），成為廠商的核可（**approved**）、簽約（**signed**）經銷商，就可享用經銷商的折扣優惠了！對於廠商來說，若能在海外區域有合作的公司，就有助於擴充全球佈局範圍（**reach**）、拓展市場（**establish market presence**）。那是否經銷商光表示有興趣就定案了呢？一般不然，但當廠商的規模沒那麼大，多個海外公司合作就可能多個機會帶來業績的成長，或者是廠商仍處於一個區域（**region**）裡經銷商多多益善的階段，多間合作公司試試都可，那麼此時經銷商單單表示有興趣就可洽談完畢，可合作了！

　　但一般的情況會是廠商在收到經銷商提議合作後，會請經銷商提供簡介、背景（**background**）資料，或是填寫經銷商申請（**application**）表，讓廠商得以對提議的經銷商有進一步的認識（**familiarize**），待評估後，若確定經銷商確實有能力、有規劃，可為廠商開拓在地市場，那麼一樁跨國合作的美事就成囉！

1. 廠商表示願意討論建立夥伴關係的可能性

partnership [`pɑrtnɚˌʃɪp] *n.* 合夥關係、合夥企業

> 例 We're happy to discuss further about the possibility of developing a **partnership** with your company.

我們很樂意進一步討論與您們公司建立**夥伴關係**的可能性。

partner [`pɑrtnɚ] n. 夥伴、合夥人；v. 合夥、同…合作

2. 欲成為廠商的核可經銷商，送上公司簡介供評估

approve [ə`pruv] *v.* 核准、贊同

> 例 We're interested in becoming an **approved** distributor of your company. Attached please find our company profile. If you need us to provide more information, please just let us know.

我們有興趣成為您公司的**核可**經銷商，在此附上我們的公司簡介，若您還有需要我們提供其他資料，再請告知。

approval [ə`pruvl̩] n. 批准、贊成

3. 廠商詢問有無興趣成為簽約經銷商，若有則可轉相關人員處理

sign [saɪn] *v.* 簽名；*n.* 記號、標誌

> 例 I noted that you are not one of our **signed** distributors. Would you like to be one? I can pass your company information along to our business development team for them to take over.

我注意到您還不是我們的**簽約**經銷商，請問您有興趣成為我們的經銷

商嗎？我可以將您的公司資料轉給我們的事業發展小組，讓他們接手處理此事。

4. 廠商表示願與新經銷商合作，拓展全球佈局範圍

reach [ritʃ] *n.* 範圍、區域；*v.* 到達、伸出、延伸

> 例 We've reviewed the company profile you provided and we're happy to add your company as our new distributor to extend our global **reach**.

我們已看過您所提供的公司簡介資料，我們很樂意讓您們公司加入成為我們的新經銷商，以拓展我們的全球佈局**範圍**。

5. 廠商表示有興趣拓展新市場

presence [`prɛzns] *n.* 出席、風度、風範

> 例 Thanks for your interest in distributing our products. Our revenue growth has been very strong and we are interested in **establishing a market presence** in your country.

謝謝您有興趣經銷我們的產品，我們有很不錯的營收成長，也很有興趣在您的國家**拓展市場**。

6. 廠商尋找全球經銷商，請有興趣的公司填寫經銷商申請表

region [`ridʒən] *n.* 地區、地帶、領域

> 例 If you're interested in becoming our official distributor for promoting our products in your **region**, please fill in our Distributor Application Form and we'll be in touch very soon.

若您有興趣成為我們的正式經銷商，在您的**區域**推廣我們的產品，那就請您填寫我們的「經銷商申請表」，我們會盡快跟您聯絡。

7. 廠商請有興趣的經銷商提供相關背景資料，以供進一步討論

background [`bæk,graʊnd] *n.* 背景、遠因、幕後

例 Please provide more **background** information about your company, like headcount, no. of sales people, revenue & growth, etc. This will be helpful for our further discussion.

請提供更多有關您公司的**背景**資料，像是員工數、銷售人員人數、營收與成長等等，這對於我們進一步的討論將有所幫助。

8. 廠商尋找全球經銷商，請有興趣者盡可能完整地填寫申請表

application [,æplə`keʃən] *n.* 申請；用途；應用軟體（APP）

例 We are looking for distributors internationally. If you're interested in becoming our distributor, please complete the **application** form below with all possible information.

我們正在尋找國際的經銷商，若是您有興趣成為我們的經銷商，請您盡量完整地填寫如下的**申請表**。

9. 廠商請表達合作興趣的經銷商提供公司簡介，以瞭解經銷商背景

familiarize [fə`mɪljə,raɪz] *v.* 使熟悉、使普及

例 If you could please complete the attached distributor profile and send it back to us so we could **familiarize** ourselves with your company.

若可以的話，還請您填寫附件的經銷商簡介資料，寄回給我們，這樣我們才能對您的公司有更多的**認識**。

familiarization [fə,mɪljərə`zeʃən] n. 熟悉、精通、普及

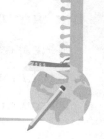

8-2 要申請成為廠商的正式經銷商？請作答！

國貿主題介紹

　　當經銷商向廠商表示有興趣成為其代理時，廠商勢必要對提出要求的經銷商好好瞭解一番，才能評估要不要與此經銷商開展合作關係！而這些初步調查的方向，會是請經銷商填寫並詳述（**elaborate**）其背景資料、在地市場狀況，以及行銷能力等等資訊。我們這就來看一下一般會有的必問題有哪些囉！

　　1. 公司基本資訊

Year of **establishment** 公司成立年、Ownership 所有權、Name of parent company (if applicable) 母公司名稱（如適用）、**Certifications** 認證、Address (not P.O. Box) 地址（非郵箱）、Website 網址

　　2. 人員配置

Primary management contact 主要的管理聯絡人、Primary marketing contact 主要的行銷聯絡人、Number of Sales Representatives 業務代表人數、Number of marketing people 行銷人員人數、Number of technical support staff 技術支援人員人數

3. 技術能力

Sales experience (years) 銷售經驗（年）、**Capabilities** of service & training 服務與訓練的能力

4. 財務與銷售資訊

Capital 資本額、Total sales in last **fiscal** year 上一個會計年度的總銷售額

5. 產品、市場與行銷

Principal markets 主要市場、Product line of your greatest interest 請詳述您最有興趣的產品線、**Major** competitors and their market **shares** 主要競爭者與其市佔率、Marketing and sales strategy 行銷與銷售策略、Company's **strengths** 公司優勢

1. 廠商問有無經銷競爭者的產品

elaborate [ɪˋlæbə,ret] *v.* 詳細說明

例 Do you sell products that would compete with ours? If so, please **elaborate**.

您們有銷售會我們產品競爭的品項嗎？如果有，請**詳述**。

2. 經銷商表示自成立以來，已在業界建立了良好信譽

establishment [ɪsˋtæblɪʃmənt] *n.* 設立、創立、建立的機構

例 Since the **establishment** of our company in 2000, we have gained a strong reputation in the industry by providing an efficient and professional service to customers.

我們公司自 2000 年**成立**以來，因為我們能為客戶提供有效率且專業的服務，已在業界獲得了良好的聲譽。

3. 廠商詢問經銷商有無獲得任何認證與許可證

certification [ˌsɝtɪfəˈkeʃən] *n.* 證明、檢定、保證

例 Please also let us know which **certifications**, e.g. ISO, and licenses your company has obtained.

也請告知您們公司有取得了哪些**認證**，例如 ISO，以及哪些許可證。

4. 廠商請經銷商說明其技術支援能力

capability [ˌkepəˈbɪlətɪ] *n.* 能力、才能、性能、潛力

例 Please give us more information about what kind of technical support **capabilities** your company can provide.

請多說明一下您們公司能夠提供的是何種技術支援**能力**。

apable [ˈkepəb!] adj. 有能力的、可以…的 (capable of)

5. 廠商欲知經銷商上一個會計年度的銷售額

fiscal [ˈfɪsk!] *adj.* 財政的、會計的

例 We'd like to know your organisation's sales turnover in your last **fiscal** year.

我們也想知道您公司去上一個**會計**年度的銷售額。

6. 廠商欲了解經銷商目前的主要市場為何

principal [`prɪnsəp!] *adj.* 主要的、資本的；n. 校長、資本、主要演員

例 What are the **principal** markets for the products that you distribute currently?

您們目前所經銷產品的主要市場為何？

7. 廠商想要知道其產品在當地市場的主要競爭者

major [`medʒɚ] *adj.* 較大的、較多的

例 Whom would you consider are the **major** competitors for our products in your territory?

在您的區域裡，請問您認為我們產品的**主要**競爭者是誰呢？

8. 廠商詢問市場上的主要競爭者及其市佔率

share [ʃɛr] n. 一份、股份、分攤；v. 分享、分擔

例 Plesae tell us the main competitors for our products in your country and what their market **shares** (%) are.

請告知我們產品在您國家的主要競爭者是哪幾家，還有他們的市**佔**率有為何。

9. 廠商請經銷商說說自己的市場優勢，及要如何行銷此廠商的產品

strength [strɛŋθ] *n.* 長處、優勢、力量

例 Please describe your **strengths** in the market as well as how you will market our products against the competitors.

請描述一下您們在市場上的**優勢**為何，以及您們要如何行銷我們的產品，以與對手競爭。

8-3

獨家獨佔獨樂樂，經銷代理並不同

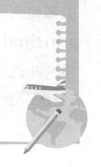

國貿主題介紹

　　「經銷」商的營運方式是跟廠商進口，買斷商品，再自行報價、銷售給客戶，自負盈虧，而「代理」是以跟廠商收取佣金（commission）為基礎的合作型態，兩者並不相同喔！不論是經銷商或代理商，跟廠商所談的合作關係都可分為非獨佔（non-exclusive）、獨佔（exclusive）、獨家（sole）三種。廠商給了獨家後，表示只跟一家經銷商或代理商合作，但廠商還是有權力直接銷售給當地的客戶，而在獨佔關係中，廠商就沒此權力了！經銷商或代理商都想成為在地那唯一的獨家或獨佔公司，這樣就可避開數家供應同廠牌產品的公司之間不必要的（unnecessary）惡性競爭。若是真有某家表現特別優異，廠商當然也願意在評估（evaluate）其市場能耐之後，與其簽立合約（agreement)，締結更緊密的合作關係，之後能不能續約、展延合約效期，就得視（dependent on）經銷商或代理商的實績表現來決定了。有些廠商本就不偏好簽立獨家、獨佔合約，但有可能在作業上還是可一如獨家、獨佔地來對待（treat）合作愉快的夥伴，當有在地競爭者要拿同樣產品來搶單時，廠商就可選擇不要報價，以協助阻擋（block)競爭者來犯！

1. 廠商付給代理商的佣金為以銷售淨額計算

commission [kə`mɪʃən] *n.* 佣金、委任、任務

例 Our **commissions** paid to agents will be computed on the net sales amount invoiced to the customers.

我們付給代理商的**佣金**會是以開給客戶之發票的銷售淨額來計算。

2. 廠商欲評估經銷商以獨家方式合作的可能性

exclusive [ɪk`sklusɪv] *adj.* 獨家的、除外的

例 I would like to identify your interest in representing our complete product range within your country on an **exclusive** basis.

我想要確認您對於在您國家以**獨家**方式經銷我們所有產品的興趣為何。

3. 廠商指派獨家經銷商，同時仍可直接供貨給客戶

sole [sol] *adj.* 獨家的、單獨的、唯一的、

例 We'll appoint a distributor as our only or **sole** distributor within a territory, but we reserve the right to supply the goods directly to end users.

我們會指定一家經銷商作為我們在此區域內的**唯**一經銷商，但是我們仍有權力直接供貨給最終使用者。

4. 廠商維持原經銷商該產品線的獨家經銷權，避免不必要的價格競爭

unnecessary [ʌn`nɛsə,sɛrɪ] *adj.* 不必要的、無用的

例 To avoid **unnecessary** price competition, we'll keep exclusivity to our existing distributor and offer you support to develop our other product lines.

為了避免**不必要的**價格競爭，我們會繼續給予現有經銷商獨佔經銷權，另會給您支援，協助您發展我們其他的產品線。

5. 廠商請經銷商提出策略與明年預測，供評估其獨家經銷的能力

evaluate [ɪ`vælju,et] *v.* 評估、評價

例 To **evaluate** your capability of representing our products exclusively, please provide us by 30.09.17 with your sales strategies, marketing activities and also **forecast** for our product lines next year.

為了**評估**您獨家經銷我們產品的能力，請在 30.09.17 前提供您的銷售策略、行銷活動以及對我們產品線的明年度預估。

6. 廠商並未給予任一經銷商獨家，故對於多家詢價，仍都會報價

agreement [ə`grimənt] *n.* 協議、同意、一致

例 As we do not have any exclusive **agreement** with a distributor in your country, we are providing exactly the same quote to all the inquiries we received for the same project. .

我們在您的國家沒有與任何一家經銷商簽有獨家**合約**，所以我們對所收到的同一個案子的所有詢價，報的都是同樣的價格。

7. 廠商欲找獨家經銷商合作，先配合 12 個月，再視業績而定

dependent [dɪ`pɛndənt] *adj.* 依靠的、隨…而定的

例 Our intention is to appoint one company in your country as an exclusive distributor, for an initial period of 12 months **dependent** on sales performance.

我們想要在您的國家指派一家獨家經銷商，初始期間為 12 個月，**視**銷售業績**而定**。

8. 廠商表示雖未簽立獨家經銷合約，但會視同獨家來運作

treat [trit] *v.* 對待、看待、把…看作

例 Although we cannot sign an exclusive distribution agreement with you, we'll still forward sales leads to you and **treat** you as an exclusive partner.

雖然我們沒有跟您簽獨家經銷合約，但我們仍會將有望客戶名單資料轉給您，將您**看做**我們的獨家夥伴。

9. 經銷商要求廠商不要報價給其他同案詢價者，廠商表示無法照辦

block [blɑk] *v.* 阻擋、阻礙、阻止；*n.* 塊、街區、阻塞、大宗

例 As you are not set up as one of our exclusive distributors, we are unable to **block** any other price inquiries from other companies in your country.

您並非我們的獨家經銷商，因此我們無法**拒絕**您國家其他公司所發來的詢價要求。

8-4

開放合作的非獨家經銷權

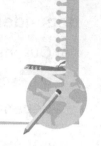

國貿主題介紹

　　廠商為了借重在地經銷商的能力與勢力來為其打天下，會樂於給予合作夥伴非獨家經銷權（non-exclusivity)，有些廠商會同時與多家經銷商合作（collaboration），都簽立非獨家（non-exclusive）經銷合約。不過，多家都能銷售時，就難有哪一家願意全力幫廠商來推廣，因此，經歷過初期多家經銷商的階段後，多數的廠商會傾向於減少經銷商家數，藉此降低（minimize）區域內同廠牌的競爭壓力。

　　經銷商當然想爭取獨家，但是廠商也有其考量，有的會乾脆告訴經銷商，説其公司政策（policy）規定只能給非獨家經銷權。而有的廠商願意給予獨家經銷權，也能瞭解獨家經銷權的優點，只不過現有幾家經銷商的實績表現都差不多，差異（distinction）不大，並沒有哪一家經銷商勝出許多（superiority），也沒有哪一家的客群涵蓋範圍（coverage）能稱霸全國，因此，廠商在這樣的情況下，就僅能給予非獨家經銷權，待日後有任何一家經銷商在銷售上有突出的進展（progress）、有傲視群雄的優異表現時，就有籌碼可向廠商要求獨家經銷權了！

1. 廠商產品線多，傾向不給予獨家經銷權

exclusivity [ˌɪkskluˈsɪvɪtɪ] *n.* 獨家、獨有

例 We prefer not to give **exclusivity** to any distributors because for one distributor it is hard to develop various product lines on the same effective level.

我們傾向於不給予任何公司**獨家經銷權**，因為一家經銷商難以讓我們的各個產品線都能成功發展。

2. 廠商表示今年以非獨家經銷合作的家數降為 2 家

collaboration [kəˌlæbəˈreʃən] *n.* 合作

例 At the start of this year, we already sent out a notification to discontinue our **collaboration** with another distributor, hence, we are only working with 2 non-exclusive distributors at present.

在今年一開始，我們已經發給另一家經銷商中止**合作**的通知，因此，我們目前是只有與 2 家非獨家經銷商配合。

collaborate [kəˈlæbəˌret] v.

3. 廠商樂見與新的非獨家經銷商合作，請有興趣者提供簡介供評估

non-exclusive *adj.* 非獨家的

例 If you are interested in distribution, please provide us with your company overview and sales background. We are open to new distributors in your country on a **non-exclusive** basis.

若您有興趣經銷我們的產品，請提供您的公司簡介及銷售背景，我們願意在您國家與新的**非獨家**經銷商合作。

4. 廠商減少經銷商家數，以減少區域與價格的競爭

minimize [ˋmɪnə,maɪz] *v.* 減到最少、降低

例 This year we'll plan to work with only 2 distributors in your country, instead of 5 last year, to **minimize** regional and price competition.

今年我們計畫在您國家只與 2 家經銷商合作，不再像去年一樣有 5 家之多，這樣才能**減少**區域與價格的競爭。

maximize [ˋmæksə,maɪz] v. 使最大化

5. 廠商明白表示公司政策只給非獨家經銷權

policy [ˋpɑləsɪ] *n.* 政策

例 It's our company **policy** to have only non-exclusive distribution arrangements in any country.

我們公司的**政策**是在任何的國家都是只給非獨家經銷權。

6. 廠商清楚獨家經銷商的優點，但現階段幾家經銷商的銷售差異不大

distinction [dɪˋstɪŋkʃən] *n.* 差別、區別

例 We are fully aware of the advantages of having an exclusive distributor in a region and hope to have a clear indication based on sales, however, there isn't a clear **distinction** for us to make the decision currently.

我們非常清楚在一個區域裡任命獨家經銷商的優點，因此也希望能依

銷售來做個清楚的指標，不過目前並沒有明顯的**差別**可讓我們來做此決定。

7. 廠商表示目前的 2 家經銷商表現差不多，故沒有要給予獨家經銷

superiority [sə,pırı`ɔrətı] *n.* 優越、優勢

例 We don't have intentions to appoint an exclusive distributor in your country because for now none of the distributors show a significant **superiority** over the other.

我們沒有想要在您的國家任命獨家經銷商，因為目前並沒有哪一家經銷商的表現特別**優於**另一家。

inferiority [ɪnfɪrɪ`ɑrətɪ] n. 劣勢、自卑感

8. 廠商請經銷商提出如何擴充客群涵蓋範圍，以評估獨家經銷可能性

coverage [`kʌvərɪdʒ] *n.* 覆蓋範圍、保險項目（或範圍）、新聞報導

例 To evaluate the possibility of working with your company on an exclusive basis, please share with us your ideas and plans about how to expand your customer **coverage**.

為了評估與您公司以獨家方式來合作的可能性，請您跟我們分享您對於如何擴充客群**涵蓋範圍**的想法與計畫。

9. 廠商提議先以非獨家經銷的方式來合作，之後再定期審視進展

progress [prə`grɛs] *n. v.* 進展、進步、發展

例 I propose we start to give you non-exclusive distribution rights and review **progress** on a regular basis.

我提議我們在開始階段給您非獨家的經銷權，之後再定期審視**發展**狀況。

平行輸入不平靜！

國貿主題介紹

　　廠商授權的正式經銷商有時仍會被自己所經銷的產品打敗！此話怎説？因為其他的在地競爭者找到了其他管道來進口該廠商的產品，而這樣未經授權的（**unauthorized**）公司無須負擔任何的行銷成本，無須投資人力與物力來建立廠商的品牌形象，因此可以報個破表超低價來搶訂單、搶標案，不知內情的客戶也就會因低價的利多而購買這些實則為水貨，或稱平行（**parallel**）輸入的貨品。

　　這樣的水貨市場（**grey market**）的貨品當然會打亂經銷商的銷售佈局與策略，此時，就應如實回報廠商，讓廠商知道在地市場存在著水貨的亂源與狀況，同時也可尋求廠商的協助，提供建議，好來對抗（**combat**)、反擊（**counter**）平行輸入，看是請廠商出具聲明函，告知客戶正統何在，公開（**disclose**）水貨商的名稱，勸阻（**deter**）客戶跟水貨商買貨，並説明何以正式的經銷商才能確保售後服務與保固。經銷商還可以請廠商出具信函，請廠商直接要求水貨商停止非經授權的銷售行為，或是要求其移除（**remove**）網站中所列該廠商的產品，並責成其早日成為正式經銷商的分銷商（**reseller**)，讓一切回歸正軌！

1. 廠商查了銷售紀錄，確認並沒有銷貨給未經授權的進口商

unauthorized [ʌnˋɔθə‚raɪzd] *adj.* 未經授權的、未獲批准的

> 例 We have looked through our sales record and confirm that no sales were made to the **unauthorized** importer.

我們有查了我們的銷售紀錄，發現並沒有銷售給這家**未經授權的**進口商。

2. 經銷商反應平行輸入的產品對銷售造成很大的影響

paralle [ˋpærə‚lɛl] *adj.* 平行的、*n.* 平行線；*v.* 使成平面

> 例 The **parallel**-market products have greatly affected our sales recently. Please help us tackle this problem and let us have your suggestions.

平行市場的產品對我們最近的銷售造成很大的影響，請協助我們解決此問題，給我們您的建議。

3. 經銷商告知有公司在市場上銷售水貨，以低價搶標

grey market 水貨市場

> 例 Recently we found that ABC Co. has supplied **grey market** products in our market and won several open tenders by just offering extremely low prices to get tenders.

最近我們發現 ABC 公司在我們的市場上廠商供應**水貨**，也用極低的價格拿下了好幾個公開招標案。

4. 經銷商反應水貨造成財務風險，請廠商建議如何對抗水貨競爭

combat [`kɑmbæt] *v.* 戰鬥、格鬥、反對

> 例 Grey goods poses significant financial risks to us. Please let us have your comments about how to successfully **combat** grey market competition.

水貨對我們造成很大的財務風險，請給我們您的建議，看如何才能成功地**對抗**水貨市場的競爭。

5. 廠商建議藉由教育客戶來反擊平行輸入

counter [`kɑʊntɚ] *v.* 反擊、還擊；*adj.* 相反的、對立的；n. 相反的事物

> 例 We suggest you **counter** the paralle importing by educating customers regarding the benefits of purchasing from an authorised distributor, particularly with regard to after-sales service and warranties.

我們建議您透過教育客戶來**反擊**平行輸入，告訴客戶與授權經銷商購買的好處，特別是在售後服務與保固上。

6. 廠商建議公開水貨商的名稱，說明其非經授權，無法提供保證

disclose [dɪs`kloz] *v.* 揭發、透漏、公開

> 例 We recommend you **disclose** to customers of parallel importers that those products are not sourced through authorized channels and therefore parallel importers may not offer the same guarantee.

我們建議您將平行商品進口商的訊息**公開**給客戶，說明他們所供的產品並非來自授權的管道，因此，水貨進口商也可能無法提供相同的產品保證。

7. 廠商在其他國家有發過聲明函給客戶，勸阻客戶跟水貨商買貨

deter [dɪ`tɚ] *v.* 制止、防止、威攝

例 We have sent the attached statement to customers in other countries and it has proven to be very helpful in **deterring** customers from purchasing from un-authorized resellers.

我們在其他國家有發過附件的聲明函給客戶，對於**制止**客戶跟未授權經銷商購買產品，很有幫助。

8. 廠商要求水貨商取得經銷商授權，否則請其刪除列在網站的產品

remove [rɪ`muv] *v.* 消除、移開、撤去

例 If we do not receive assurance that your sales of our products in Taiwan will be authorized through PAC Corp., then we must ask you to **remove** these items from your website.

若我們沒有收到您保證說將會經 PAC 公司授權以在台灣銷售我們的產品，那我們就必須要求您將這些產品從您的網站上**移除**。

9. 廠商發函給水貨商，要求其須與經銷商簽約才能繼續銷售

reseller [ˌriːˈsɛlə] *n.* 經銷商、分銷商

例 As you're neither an agent nor sub-distributor of PAC Corp. we request that you must establish a **reseller** agreement with PAC Corp. if you wish to continue your sales activities.

您們既不是 PAC 公司的代理商，也不是**分銷商**，若您們想繼續此銷售業務，我們要求您必須與 PAC 公司簽立經銷合約。

Amy Time

　　您好，我當英文業務祕書已經有三年了，我負責聯繫的大大小小國外原廠也有個十幾家，從天天天天的 email 往返中，對這些外國廠商的客服部門或業務部門對口負責人員或主管，我也大概都抓得出每個人寫 email 的風格與口氣，有的人好有禮貌，每次發來的 email 都會前頭有帶上不同的問候、後頭再加了祝福，看得讓人也覺得有受到尊重，感覺滿好的！但同時，也有幾個廠家的主管或客服專員回話回得真的很沒禮貌，除了沒稱呼、沒署名之外，所寫來的 email 內容也幾乎都是超級短的幾句，會有那種斷然回說不行，但又不說明原因，讓人總是無法一次要到所要的完整資訊。我真的想找個機會回嗆一下，想教訓教訓他們，告訴他們回話回不全其實會延宕了事情，讓我們慢了處理…其實我更想告訴他們回 email 不該有這樣的無禮態度，但這一點似乎很難說出來而不得罪人，是嗎？還請您指導一下，我要怎麼說才能扭轉國外原廠人員這種不得體的態度呢？

覺得有禮行遍天下，天下都該有禮的 Betty

國貿經驗分享

　　親愛的 Betty，妳好！妳應該是個很有道德感，平時會仗義直言、拔刀相助的勇敢女子呢！真的，在每一個工作裡，不可避免地都會碰到特別無禮的人，或是特別需要自我反省與再教育的人。妳所擔負的工作是與十幾家國外廠商聯繫，無可避免地，偶爾真的會遇到難以令人理解的、無禮的人啊！

妳説到要回嗆，若要以政治正確的方式來回答這事，就會是：「他們是國外原廠耶」！哈哈！其實正格來説，我們不會要回嗆…「那…那要回罵」！呵呵，也不是這樣説，**我們處事的態度就是要就事論事，我們不會去數落國外原廠的態度不對，也不用採取那種以牙還牙、以眼還眼的對待…只要我們發狠了、説難聽了、沒禮了，那我們跟無禮的那國外原廠人員就也沒什麼不同了…既然對方處事沒理好，我們就要針對事情本身來論理！**原廠沒回清楚的，我們再次寫出提問問題，説明先前原廠未確實回覆，請他們再次作答；原廠因為誤解我們所説的，而有了失禮的回應，那我們就該挑出誤解的癥結點，説明清楚；我們問原廠五個問題，結果原廠籠統、沒太負責任地一一回答，那我們就再次條列出這些問題，將原廠的回答貼在該問題後面，有回沒回一眼分曉，請原廠再次逐點回答。

另一方面，請記得我們在做的工作是溝通，是陳述問題，而非指責怪罪，所以，在我們手裡寫出的 email，也請留意當我們在反映任何業務或技術問題時，不要出現像是説原廠「一定是你們的產品有問題」這類還未經調查就先怪罪的口氣。**只要我們有禮在先，國外原廠多會以禮相應，只要我們有理又有禮，就一定會有超然超強的溝通力，**就比較有可能會讓無禮的原廠受我們感化並讓我們引導到以理來論事的軌道上呢！

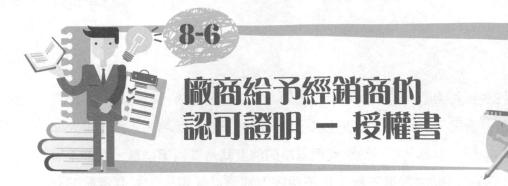

8-6 廠商給予經銷商的 認可證明 ─ 授權書

國貿主題介紹

　　經銷商告知客戶說可供應、可銷售某廠商的產品，等到客戶提出採購申請時，通常就會要求經銷商出個證明，驗明正身，若是要走招標程序，那這證明就更不可少了！這份證明說的就是「授權書」（Letter of Authorization、Authorization Letter、Power of Attorney）了！

　　授權書為由廠商出具並加上簽名的正式聲明文件，裡頭會證明（certify）廠商確實是授權（authorize）、任命（appoint）該經銷商，給予經銷商正當性，證明在其所屬國家、區域（territory）裡，是經廠商認定（identify）的經銷商，得以代表（on behalf of）廠商，有資格（eligible）為廠商的產品提供報價、接單、銷售、供貨等服務。

　　說完了這些言簡意賅的重點之後，所要再補充說明的事項就不多了，通常就只一件：效期！這麼重要的授權大事多是給予一年的效期，可供展延（renewable），到期後，廠商就會更新審查授權的合宜性，以求授權大旗、經銷大事能夠苟年新、年年新、又年新啊！

 94這樣翻

1. 廠商告知授權書的效期

attoney [əˋtɝnɪ] *n.* （根據委任狀的）法定代理人、律師

例 The **Power of Attoney** is valid until December 31st, 2018.

此授權書至 2018 年 12 月 31 日有效。

2. 廠商證明授權給經銷商，以代表其報價、簽約、接單與供貨

certify [ˋsɝtə,faɪ] *v.* 證明、保證、發證書給

例 We **certify** that PAC Corp. is authorized to quote, enter into contracts, procure orders and supply the products on our behalf.

我們**證明** PAC 公司為經我們授權得以代表我們提供報價、訂定契約、取得訂單及供應產品。

3. 廠商授權給經銷商

authorize [ˋɔθə,raɪz] *v.* 授權給

例 We hereby **authorize** PAC Corp. as our distributor for Summit products in Belgium.

我們特此**授權** PAC 公司為高峰產品在比利時的經銷商。

4. 廠商出具授權書，認可經銷商為其所任命的非獨家經銷商

appoint [əˋpɔɪnt] *v.* 任命、指派

例 This letter serves to officially acknowledge PAC Corp. as Summit Group's **appointed** non-exclusive distributor in Taiwan.

此授權書用於正式認可 PAC 公司為高峰集團**所任命的**在台非獨家經銷商。

appointment [ə`pɔɪntmənt] n. 任命、約會、（會面的）約定

5. 廠商直接授權經銷商為其處理登記與銷售事宜

territory [`tɛrə,torɪ] n. 區域、領土、領域

例 As our distributor you are authorized directly to register and commercialize the above mentioned products in the whole UK **territory**.

做為我們的經銷商，我們直接授權給您，讓您可在全英國**區域**辦理登記與銷售上述產品。

6. 廠商出具授權書，證明經銷商為經認定的合作夥伴

identify [aɪ`dɛntə,faɪ] v. 確認、識別、認定、鑑定、認同

例 The purpose of this letter is to certify that PAC Corp. is an **identified** distributor in Taiwan for the products manufactured by Summit Group.

此授權書的目的在於證明 PAC 公司為高峰集團所製產品的在台經**認定**的經銷商。

7. 廠商的代表人出具授權書，證明經銷商為經授權者

behalf [bɪ`hæf] n. 代表、利益

例 **On behalf of** Summit Group., I am writing this letter to prove that PAC Corp. is our authorized distributor.

我**代表**高峰集團寫此授權書，證明 PAC 公司為我們所授權的經銷商。

8. 經銷商有資格為廠商銷售其產品，亦要負責供貨與技術支援

eligible [`ɛlɪdʒəbl̩] *adj.* 有資格的

例 PAC Corp. is **eligible** to sell and market Summit's produts, but will also provide product and technical support on all Summit products.

PAC 公司**具有**銷售與行銷高峰產品的**資格**，但亦須對所有高峰的產品提供產品與技術的支援。

9. 廠商告知授權書效期，可展延更新

renewable [rɪ`njuəbl̩] *adj.* 可展延的、可更新的

例 This authorization is valid until 12-31-2018 and is **renewable** for an extended period of time by a formal mutual agreement.

此授權的效期至 **12-31-2018**，可經雙方正式協議再予以**展延**一段期間。

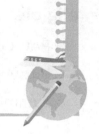

8-7 合約怎麼看？哪幾點一點兒都不能漏？

國貿主題介紹

　　合約大多落落長，拿到時又不能直接跳到最後一頁來簽名，但那麼多文謅謅的內容到底要怎麼看呢？我們一起來試試速讀速解法囉！

　　1. 數字一定要看：

　　➤ 折扣：簽了經銷合約，就能以優於一般零售價的折扣價來跟廠商購買，所以這個折扣百分比一定要確認沒少列。

　　➤ 業績目標：廠商可給經銷商價優的好康，當然同時就會要求經銷商要達到制定的（established）業績目標。

　　➤ 合約起訖：合約效期多久、合約從哪一天起生效（effect)、若雙方同意（consent）則可展延效期，以及若有任何一方要終止（terminate）合約，須於幾天前發出書面通知（written notice）給對方… 這些日期與天數也都要謹慎記著。

　　2. 合約屬性絕對要找找：

　　➤ 經銷或代理：代理合約多會約定代理商以貨品的銷售額來計算佣金，而對於經銷合約，經銷商是以買斷貨品的方式來跟廠商合作，所以合約中就會規範出與買斷相關的價格及付款條件。

　　➤非獨家、獨家或獨佔：合約裡頭一定會寫出所簽立的是屬非獨

家、獨家或獨佔的合約，這是合約討論階段的一大重點，一定得確認。

　　3. 產品範圍：

合約所列的產品範圍會在合約本文中定義（**defined**）出來，或是另列於附件（**annex**、**appendix**、**exhibit**、**schedule**）中來詳細條列說明…請不要看到合約的附件就認為它是次要的，像是產品範圍這事兒，可就是經銷的「牛肉」所在，一樣重要得很呢！

94這樣翻

 MP3 61

1. 合約中制定了年度銷售目標，經銷商若達標可享額外折扣

establish [əˋstæblɪʃ] *v.* 制定、建立、確立

例 The parties **establish** the annual sales target to be 100 sets. In case the target is fulfilled, the Supplier will discount the Distributor with an additional 5% in the following year.

合約雙方**制定**了年度銷售目標為 100 套，若有達成目標，則供應商將會在下一個年度給予 5% 的額外折扣。

2. 廠商與經銷商簽立非獨佔經銷合約，為期 2 年

effect [ɪˋfɛkt] *n.* 效力

例 We appoint PYC Corp. as our non-exclusive distributor in Germany for a period of 2 years with **effect** from the date first above written.

我們任命 PYC 公司為我們在德國的非獨佔經銷商，自合約序文所記載日期起算，2 年內有效。

3. 合約效期為 24 個月，若雙方皆同意，則可展延效期

consent [kənˋsɛnt] *n. v.* 同意、贊成

例 This agreement shall be effective for the duration of twenty four (24) months from the effective date and may be extended with the express written **consent** of both parties.

此合約自生效日起二十四個月內有效，若雙方有明確的書面同意表示，則可延長效期。

4. 合約雙方皆可預先通知，以終止合約

terminate [ˋtɝməˌnet] *v.* 終止、結束、解僱

例 Both parties have the right to **terminate** the agreement giving two month's notice at any time.

雙方皆有權於任何時間發出兩個月預先通知，以終止此合約。

5. 合約雙方皆可預先寄發書面通知，以終止合約

written notice 書面通知

例 Either party may terminate this agreement by giving 30 days' **written notice** to the other party.

任一方皆可在 30 天前發出書面通知給對方，以終止此合約。

6. 廠商在合約中定出經銷的產品範圍

define [dɪˋfaɪn] *v.* 定義、使明確、確定界限

例 Distributor desires to obtain distribution rights to purchase, distribute and sell our products (as **defined** below) to end users in Taiwan.

經銷商欲獲得經銷權，以在台購買、經銷與銷售我們的產品（**定義**如下）。

7. 產品的定義說明列於合約附錄中

annex [əˋnɛks] *n.* 附錄、附加；*v.* 附加、合併、獲得、把…作為附錄

例 Please see **Annex** A for definitions of standards. The ranges are also shown graphically in Figure 2.1.

標準品的定義請見**附錄** A，其範圍亦以圖示說明如圖 2.1。

8. 合約中產品與服務的詳細說明貼於附錄

appendix [əˋpɛndɪks] *n.* 附錄、盲腸；*v.* 加附錄於

例 Further details of the products and services involved are attached as **Appendix** 1.

關於相關產品與服務的更多明細說明，請見所附的**附錄** 1。

9. 合約附錄會記載要達成的銷售目標與最低要求

exhibit [ɪgˋzɪbɪt] *n.* 附錄、展示品、（律）證據、物證；*v.* 展示、表示

例 We have established sales targets and minimums for Disturburtor to achieve during the term of this Agreement, attached as **Exhibit** A.

我們已制定了經銷商在此合約期間所要達成的銷售目標與最低要求，如**附錄** A 所示。

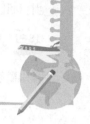

8-8

合約用字一本正經！

國貿主題介紹

　　當您頭一回定睛地看一份經銷合約時，應該會感覺到不斷有一些似懂非懂的複合字與字串向您飛來…是的，這些就是尊貴的合約用字，不是咱們平時嘴裡會吐出來的字詞呢！那我們這樣還需要懂嗎？當然要喔！因為您在下一份合約一樣會與它們相遇，而且這些字我們花點兒力氣懂了後就海闊天空了呢！我們這就來正式接受洗禮囉！

　　➤ **Party**：合約裡出現 party 這字，您一定不會也不敢翻成派對或黨派，因為實在太跳 tone 啦！合約中此字指的是「一方、當事人」，若說到 both parties，指的就是簽約雙方囉！

　　➤ **Whereas**：合約前頭會有好幾句以此字開頭的「Whereas Clauses」，這是在正式條款之前，做為前言的提頭語，以說明訂立合約的原因與目的，是「鑒於、基於」某個事實的意思。

　　➤ **Here** 家族（here＋介系詞）：如下以 here 帶頭的這些副詞該怎麼記呢？請將 here 替換為 agreement 來想就可囉！

　　➤ **Hereof**（= of this agreement）：本合約的

　　➤ **hereinafter**：以下，hereinafter referred to as = 以下簡稱為

　　➤ **hereunder**：於此合約約定下

> **hereto**：於此、關於本合約
> **herein**：於本合約內
> **hereby**：茲此
> **IN WITNESS WHEREOF**：此為合約結尾的慣用語，就像中文契約結尾所用的「特此證明」或「特立本約為證」囉！

94這樣翻

1. 合約除非經雙方書面簽署同意，否則不得修改

party [`pɑrtɪ] *n.*（契約等的）當事人、一方

例 This Agreement may not be amended or modified except in writing and signed by authorized representatives of both parties.

除非有雙方授權代表簽署的書面文件，否則不能修改此本合約。

2. 合約前言中說明廠商供應所附型錄上的產品

whereas [hwɛr`æz] *conj.* 鑒於、基於、然而

例 WHEREAS, PYC Corp. develops, manufactures, markets, and sells the products specified in PYC's 2017 Catalog attached hereto as Exhibit A.

基於 PYC 公司發展、製造、行銷、銷售其 2017 年型錄中所列產品，此型錄以附錄 A 附於此合約。

3. 含附錄的此合約為關於標的事項的完整協議

hereof [hɪr`ɑv] adv. 於此、關於此點

例 This Agreement, including its exhibits, constitutes the entire agreement between the parties concerning the subject matter **hereof.**

本合約，包括附錄在內，構成雙方關於**本合約**標的事項之完整協議。

4. 合約中列出廠商全名及註冊所在地，文後即用簡稱

hereinafter [ˌhɪrɪn`æftɚ] adv. 以下、在下文中

例 Summit Biotechnology Corp., a California corporation having its registered office at 925 Scott Blvd, Santa Clara, CA 95054 (**hereinafter** referred to as "Summit").

高峰生物科技公司為註冊所在地位於 95054 加州聖塔克拉拉市史考特大道 925 號的一間加州公司（**以下**簡稱為「高峰」）

5. 依合約所訂的責任與義務不因合約期滿或終止而停止

hereunder [hɪr`ʌndɚ] adv. 在下（文）、依此

例 Expiration or termination of this Agreement shall not release either party from any liability or obligation **hereunder.**

本合約期滿或終止將不得減免任一方**於本合約約定下**之責任或義務。

6. 合約各方已正式簽署合約

hereto [hɪr`tu] adv. 於此、關於此

例 IN WITNESS WHEREOF, the parties **hereto** have caused this Agreement to be duly executed on the date first above written.

本合約各方已於本合約序文所記載日期正式簽署本合約，特此證明。

7. 產品經理會呈回報有關此合約內所列活動與任務的進展

herein [ˌhɪrˋɪn] adv. 此中、於此

> 例 The Product Manager will report to PYC on developments in the activities and tasks listed **herein**.

產品經理將向 PYC 公司報告**於本合約**內所列活動與任務的進展。

8. 廠商在合約中特此說明任命區域經銷商

hereby [ˌhɪrˋbaɪ] adv. 茲此、特此、藉此

> 例 Subject to the terms and conditions of this Agreement, PYC **hereby** appoints the Distributor as a PYC distributor of the Products in the Territory.

依據本合約條款，PYC **特此**任命此經銷商為我們產品於此區域內的 PYC 經銷商。

9. 合約已由各方正式授權代表簽署

witness [ˋwɪtnɪs] n. 證明、證據、見證人

> 例 IN **WITNESS** WHEREOF, the parties hereto have caused this Agreement to be executed by their duly authorized representatives.

本合約各方業已經由其正式授權代表簽署本合約，特此**證明**。

❓ 國貿人提問：我翻譯了合約給國外簽，國外只回一句說不簽…

您好，我們公司有一個公家機關的案子，客戶給了我們一份正式的採購合約，說也要請國外原廠簽名…重點來了！這份 10 頁的合約是中文的！所以我老闆跟我說：「妳翻一翻，再發給國外簽名」…這 11 個字的指令，讓我費力地翻了 11 天！翻完後，我寫了封 email，請國外原廠簽名後回傳給我。結果 email 一發出，原廠很快就回信了，我一看，昏倒！原廠回說這是我們與客戶之間的責任約定與規範，與他們無關，他們不會簽。哇～我翻得那麼辛苦！國外卻說無關、不簽耶！我馬上呈報主管，主管聽了後也馬上撥電話給客戶，客戶知道了原廠不簽之後，就回說「這樣喔！那這份採購合約就請你們看完後簽回給我們就可以了。」老闆聽了也回說好，掛斷電話，就對我說，那我們就請法務人員看一看合約，沒問題就簽回。句號！結束！就這樣耶～～我簡直快哭了！那我 11 天翻譯這合約的血汗，都沒人管耶～～怎麼會這樣？我覺得全世界最笨的就是我了！請您告訴我，我這樣努力錯了嗎？

氣自己做了累慘的一份工，但最後卻是一場空的 Louisa

國貿經驗分享

親愛的 Louisa，妳好！翻譯合約真的很耗神耗工，在日常工作中還要塞進這樣的翻譯苦工，一定是讓妳白天做、晚上也做，鐵定讓妳累到慘兮兮的啊！現在，只好請妳再去泡一杯咖啡，跟我一起來事後諸葛一下，看看怎麼樣才能不要再發生這樣的累事啊！

　　對於合約這東西，要的就是嚴謹，我們會以慎重的態度來看，而國外廠商對此看得更是嚴謹！當客戶拿了中文的採購合約給我們，簽署的供應方就是代表著國外原廠的經銷商，合約裡所規範的責任與約束力也僅止於經銷商，沒有所謂「翻譯一下，請國外原廠也簽」的情形。

　　再說個大夥兒普遍的誤解，合約或規範這些正式文件，沒有什麼叫做簡單翻一下、隨便翻一下、快快翻個意思之類的事情存在！要翻譯合約，連個助動詞都須謹慎翻譯了，所以，這工作的嚴謹度要求絕對高，份量絕對重，客戶不見得懂，主管也不見得知道，所以，最專業的妳就請盡情地提給主管妳的專業意見，若主管還是要妳就直接翻譯再說，那就請妳跟主管說好，說妳同時也會將有份合約文件要簽名的事先告訴國外原廠…這樣的事前告知與確認的動作，就可讓妳先行確認妳將要動手的翻譯大事是否方向無誤、處理正確！若國外原廠對此合約的態度就是這不是我們所要簽核的合約，那我們就可壓著雀躍的心來跟主管好好地回報溝通經過與結果，要是國外原廠說好，也可簽，那怎麼辦呢？那我們還是要有著清明的心境，先再次確認客戶有無英文合約，若真沒有，那就景欣然接受挑戰，因為，有挑戰就會有成長，等翻譯過一次合約後，我們的英文功力一定大增呢！

PART 9
昭告天下篇

廠商要昭告天下的事情有很多種，最會讓全球合作夥伴受到驚嚇的事，當屬「購併」這類組織大變革的大代誌了，因為對經銷商來說，那就代表著天搖地動的改變與一連串作業調整工作將要來臨了！除了這類讓人著急、喘息的偶發通知之外，平時廠商發送的其實都是一派的祥和，都是充滿正面能量、鼓舞人心的「電子報」！

　　而另一種常見的通知其實也是有著歡慶的本質，那就是「放假通知」－廠商要開心放假去，就請全球夥伴在作業上與出貨上多擔待些囉！

9-1 通知購併大代誌

　　相信您在這十多年來一定有聽聞、接觸或親身經歷了購併這等大事！購併是收購（**acquisition**）與合併（**merger**）這兩種財務活動的合稱，收購主要可分為股權收購和資產收購兩種，股權收購是直接或間接收購（**acquire**）標的公司部份或全部的股權，也包括資產與負債；而資產收購所指稱的則是收購公司購買標的公司部份或全部之資產，屬於一般資產的買賣行為，無須承接負債。合併可分為吸收合併和新創合併兩種，若是被合併的（**merged**）公司品牌（**brand**）在合併之後即不復存在，則屬吸收合併，若是合併的兩家公司將同時消滅，另登記成立新公司，則屬新創合併！

　　購併往往是廠商擴充規模最快的方法，透過整合（**integration**）可迅速取得設備、市場與通路，可在短時間內有效率地擴大企業規模，提供更具成本效益的生產解決方案，以嘉惠（**benefit**）客戶。廠商在購併大事底定之後，即會發出購併通知，宣布（**announce**）購併的相關決議，告知在購併過渡期（**transition**）所施行的策略及應遵循的作業辦法，以定定人心，也讓各方終於不用再猜測了，可以有所遵循與打算囉！

1. 購併對雙方皆是利多消息，可擴充產能，鞏固地位

acquisition [ˌækwəˋzɪʃən] *n.* 收購、獲得

> 例 The impending **acquisition** is wonderful news for both companies. It expands the total manufacturing capacity and also strengthens our overall position in the field.

即將到來的**購併**大事對雙方公司來説都是很棒的消息，會擴充整個生產產能，也會鞏固我們在這個領域的整體地位。

2. 集團發布合併通知，公告組成了新事業體，即日生效

merger [mɝdʒɚ] *n.* （公司等的）合併

> 例 **Merger** Announcement: PYC Group and DarwinTech are pleased to announce the formation of a new business with immediate effect.

合併通知：PYC 集團與達爾文科技很高興地宣布組成了一個新事業體，即日生效。

3. 集團宣布已簽約收購

acquire [əˋkwaɪr] *v.* 收購、獲得

> 例 We are delighted to announce that PYC Group has entered into an agreement with DarwinTech to **acquire** their automation system business.

我們很高興地宣布 PYC 集團已與達爾文科技簽署合約，**收購**其自動化系統的業務。

4. 通知此家新整併企業將來的營運重點

merge [mɝdʒ] *v.* 合併

例 The newly **merged** business will be focused on providing total solutions to customers.

這一個新**合併的**企業將會著重於為客戶提供總體解決方案。

5. 被合併公司將保留公司名與品牌識別，但營運上將歸屬合併集團

brand [brænd] *n.* 品牌、商標

例 PYC Group merged with DarwinTech in September. DarwinTech will retain its name and **brand** identity, but it will operate as part of PYC Group.

PYC 集團與達爾文科技在九月時合併了，達爾文科技將保留其公司名與**品牌**識別，但在營運上將屬於 PYC 集團的旗下公司。

6. 收購公司希望透過整合，以更有能力供應產業所需

integration [ˌɪntəˈgreʃən] *n.* 整合、完成

例 We are immensely excited about this acquisition and feel that the **integration** will help us better serve the automation field.

我們對此收購案極為興奮，我們認為這次的**整合**能夠幫助我們更能供應自動化領域所需。

7. 合併廠商說明可藉合併以助生產達成本效益，嘉惠雙方的客戶

benefit [bɛnəfɪt] *n.* 好處、津貼、福利

例 The addition of DarwinTech to the PYC Group will **benefit** customers of both companies by providing them with cost-efficient manufacturing solutions.

PYC 集團有了達爾文科技的加入，將可藉由提供具成本效益的生產解決方案而嘉惠雙方公司的客戶。

8. 收購廠商宣布收購一事不會影響目前的案子，並期許整合過程順暢

announce [əˋnaʊns] *v.* 宣布、發布

例 The acquisition **announced** today will not affect ongoing projects at any of our factories, and we expect the integration process will be seamless to customers of both companies.

今天宣布的收購一事並不會影響我們任何工廠所正在進行的案子，而且我們希望這個整合過程將可順暢進行。

9. 雙方公司同意過渡期所要執行的策略，將對客戶的影響減至最小

transition [trænˋzɪʃən] *n.* 轉變、過渡、過渡期

例 We two companies have jointly agreed upon the **transition** strategy that minimizes impact to existing customers.

我們兩家公司一致同意此過渡期的策略，將對目前客戶的影響減至最小。

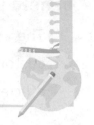

9-2 購併後的作業大調整

購併絕對是企業的大事，購併前的斡旋規劃很重要，購併之後的整合經營更是決定購併成功與否的關鍵！對於經銷商與客戶而言，他們迫切想要知道的是繼續供貨的可能性、所供產品品質是否如前、接單與發貨作業是否有變更等等。

有些被購併公司的產品在購併之後即不再生產供應，對現有庫存會予以商品化（commercialization）處理，交由其他公司接收（take over），以產品現狀（state）銷售。在購併過渡期，通常被購併公司在期限內仍會繼續供應（fill）原已接訂單之所需。

在被購併公司的機能與作業正式（formally）移轉給購併公司時，購併公司的客戶經理（Account Manager）就會連絡購併雙方的經銷商與客戶，說明購併的因由，說明像是希望整體達成更高效率（efficiency）等目的，再介紹一下集團擴充後的產品組合（portfolio），並說說會受到影響（affected）的事項有哪些，藉由循循說明新的作業辦法，讓合作的經銷商與客戶因知所遵循而能有定心、安心的感覺！

1. 被購併公司的庫存將有一段期間可供商品化，以銷售出去

commercialization [kəˌmɝʃəlaɪˈzeɪʃn] *n.* 商業化、商品化

例 The **commercialization** by DarwinTech of its inventories of certain products will be continued until March 31, 2018.

達爾文科技對其某些產品庫存的**商品化**銷售活動，將持續到 2018 年 3 月 31 日為止。

2. 被購併公司的庫存將會轉由其他公司接收並銷售

take over 接管、接收、接任

例 The complete range of DarwinTech's products still on inventory will be **taken over** and commercialized by a German corporation.

達爾文科技所有的產品若仍有庫存，則將由一家德國公司**接收**並將其商品化。

3. 被購併公司的庫存將會以其現狀轉由其他公司銷售

state [stet] *n.* 狀況、狀態、國家、身分；*v.* 陳述、聲明

例 All existing stocks of DarwinTech's producs will be sold by another company in their current **state** and DarwinTech shall not be held responsible for the products resold by the company.

達爾文科技的所有產品現貨都將以其目前的**狀況**銷售給另一家公司，而由此家公司轉賣出去的產品，達爾文科技將不負其責。

4. 被購併公司在期限內仍將繼續供應所有訂單所需

fill [fɪl] *v.* 滿足、裝滿、任（職）

例 DarwinTech will continue to **fill** all orders through May 31, 2018. Invoicing and collections will continue to function through DarwinTech. Any new orders placed after May 31, 2018 will be processed through the Customer Service team at PYC Group.

達爾文科技一直到 2018 年 5 月 31 日前，將會繼續供應所有訂單所需，開發票與收款都將透過達爾文科技來繼續運作。對於 2018 年 5 月 31 日之後所下的任何訂單，都將轉由 PYC 集團的客服團隊來處理。

5. 被合併公司的銷售與技術支援作業將正式移轉至合併公司

formally [ˋfɔrmḷɪ] *adv.* 正式地、形式上

例 Effective September 1st, 2018 the merged company's Sales and Technical Support operations will be **formally** forwarded to our Vienna location.

自 2018 年 9 月 1 日起，被合併公司的銷售與技術支援作業將正式移轉到我們在維也納的公司。

6. 購併公司的客戶經理將會連絡被購併公司的所有客戶，以做說明

Account Manager 客戶經理

例 All DarwinTech customers will be contacted by PYC Group **Account Managers** to make formal introductions.

PYC 集團的客戶經理將會連絡達爾文科技的所有客戶，做正式的介紹說明。

7. 購併公司希望在過渡期之後，能發揮高效率，進而降低總支出

efficiency [ɪ`fɪʃənsɪ] *n.* 效率

例 After the transition of the merger, we hope to deliver additional **efficiencies** that will further reduce our overall expenditure.

在合併的過渡期之後，我們希望能夠發揮更高的**效率**，以能進一步地降低我們的總支出。

efficient [ɪ`fɪʃənt] adj. 效率高的

8. 購併公司告知將會提供銷售支援，並介紹新合併企業的產品組合

portfolio [port`folɪ,o] *n.* 投資組合、組合

例 Our team will provide excellent sales support and will introduce you to the entire product **portfolio** of the newly merged business.

我們的團隊將會提供優質的銷售支援，也會為您介紹這個新合併企業的所有產品**組合**。

9. 購併案對客戶不會有太多影響，但被合併公司的產品型號將會更新

affect [ə`fɛkt] *v.* 影響、感動

例 While we do not anticipate many changes that will **affect** our customers, we are in the process of combining our catalogues which will result in our product codes changing to match merging company's codes.

我們預期不會產生很多的變化而**影響**到我們的客戶，不過我們現在正在處理合併型號的工作，到時候我們的產品編碼將會改成與合併公司相符的編碼。

電子報（**e-Newsletter**）是廠商的行銷工具之一，各家廠商的內容大大不同，但電子報本身有好些個固定的用詞，若您原來對它們不熟，看了幾次之後也會半生熟，現在就讓我們來個「全熟」伺候吧！

1. 電子報出版（**publish**）囉！有的廠商還會寫上電子報的期數（**issue no.**），或是告訴閱報人在這一期裡（**in this issue**）有什麼期待亮點囉！

2. 電子報以 email 發送，有的電子報無法在 email 內文裡漂亮地完整呈現（**display**）出來，此時，您就會看到瀏覽器（**browser**）這字，請您改從您電腦的瀏覽器來讀報。

3. 電子報內容都會有特別報導等級的強調要點（**highlights**)，要獻給您的一定都是最新（**up-to-date**）的新知，要在編排方式與短文中向您吸睛，請您定睛看一下，才不會眼睛還沒到，手指頭就已將電子報頁面關掉了呢！

4．在電子報最下方，都會告訴閱報人可自由更新訂閱（**subscription**）的偏好設定，要是真要取消訂閱（**unsubscribe)**，也

是可以滴！最後還會加上一行說明，為還在想著怎麼會收到這樣電子報的人解惑，告訴您該電子報發送的對象是先前跟他們訂過貨或詢問過的重要（**valued**）現有或潛在客戶呢！

1. 廠商告知電子報會報導重要新知

e-Newsletter 電子報

例 Each issue of our **newsletter** highlights key news, events and publications in the clinical trial field.

我們每一期的**電子報**都會特別報導在臨床試驗領域中的重要消息、活動與發表的文章。

2. 廠商在電子報中慶賀使用其產品發表的文獻

publish [ˋpʌblɪʃ] v. 出版、發行、發表

例 We're always excited to hear that our products have helped researchers **publish** in a top-tier journal.

每當聽到研究人員在頂尖期刊上所**發表**的文章有使用了我們的產品，我們都極為興奮。

3. 若電子報在 email 裡無法顯示，請改以瀏覽器來觀看

display [dɪˋsple] v. 顯示、表現、陳列、展示

例 If this email is not **displaying** correctly please change to view it in your browser.

若這封 email 沒能正常**顯示**，請改從您的瀏覽器來觀看。

4. 電子報亦可改從瀏覽器來看，裡頭有暢銷產品新知

browser [ˋbraʊzɚ] *n.* 瀏覽器

例 You could also view this e-mail in your **browser** to learn more about this month's top products.

您也可從您的**瀏覽器**來看這封 e-mail，就可知道更多關於這個月暢銷產品的資訊。

browse [braʊz] v. 瀏覽、翻閱、吃嫩葉

5. 廠商在電子報中列出以其產品所做的研究

highlight [ˋhaɪ,laɪt] *n.* 焦點、強光部分；*v.* 強調、使…顯著

例 Below are a few recent research **highlights** featuring our products that we'd like to share with you.

下列是最近有**特別說到**我們產品的幾個研究，我們想在這兒跟您們分享一下。

6. 廠商邀請客戶訂閱電子報，以掌握最新新知

up-to-date 最新的、流行的

例 You're invited to register for our monthly e-newsletter and stay **up-to-date** with the key events that are happening in the industry.

邀請您登記訂閱我們的電子報月刊，讓您能夠掌握在這產業裡重要活動的最新消息。

7. 再次確認是否要取消訂閱電子報，建議更新訂閱偏好

subscription [səbˋskrɪpʃən] *n.* 訂閱、預定、捐款、同意

例 Are you sure you wish to unsubscribe? Please note that you can update your **subscription** preferences below to receive our newsletter weekly, monthly or quarterly.

您確定要取消訂閱嗎？請注意您可以下所列來更新您的訂閱偏好，可每個星期、每個月或是每季收一次我們的電子報。

8. 電子報用戶可自由更新偏好設定或是取消訂閱

unsubscribe [ˌʌnsəbˈskraɪb] *v.* 取消訂閱

例 You can update your preferences or **unsubscribe** from this list

您可以從這份列表中更新您的偏好設定或是取消訂閱。

9. 電子報發送的對象為我們公司的重要客戶

valued [ˋvæljud adj. 重要的、尊重的、尊貴的

例 You are receiving this newsletter as a **valued** customer of our company.

因您是我們公司重要的客戶，所以才會收到這份電子報。

9-4

保密防漏，人人有責

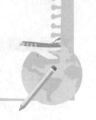

　　廠商在提供像是競爭品牌比較表這類行銷分析資料時，多會加上個提醒，説明此資料屬於機密的（confidential）資訊，請收件人（addressee）予以保密處理，不要轉給外部人員（outsider）。而許多的廠商也會乾脆在每一封 email 下方就寫上保密性通知（Confidentiality Notice），提醒該資訊僅供收件人或供內部使用，不要轉給任何未經授權的（unauthorized）外部人員，並禁止任何未經授權就逕自閱覽、使用、揭露（disclosure）或散佈的行為。這些資訊可能含有機密、專有及法律特許的（privileged）資訊，而若收到該訊息的人並非原欲指定的那人，就請一點兒信息都不要留，一點兒都不要手軟，直接就給它刪除、銷毀（destroy），讓它船過水無痕吧！

　　此外，還有一種幾乎每封 email 都會帶上一筆的聲明，那就是「免責聲明」（disclaimer）。在這電腦病毒猖獗的時代，就算發送人在發送時已確定不含電腦病毒，但收件人收信時卻又染上電腦病毒，那這責任真的無法算在發送人頭上，一定得發個免責金牌的啊！

1. 對於廠商提供的機密資訊，請保密處理

confidential [ˌkɑnfəˈdɛnʃəl] *adj.* 機密的、秘密的

例 All information provided in these lists is **confidential** and please treat as such.

在這些清單中所提供的所有資訊皆屬**機密**資訊，請保密處理。

Confidential Disclosure Agreement (CDA) 保密協議

2. 此為機密訊息，僅供原收件人讀取

addressee [ˌædrɛˈsi] *n.* 收信人、收件人

例 This message and any attachments are privileged and confidential, intended for the original **addressee** only.

此訊息與任何附件均屬特許的機密訊息，僅供原**收件人**閱讀。

addresser [əˈdrɛsɚ] n. 發言人、發信人

3. 請勿將此機密資訊與外人分享

outsider [ˈaʊtˈsaɪdɚ] *n.* 外人、局外人

例 This comparison table is confidential and please do not share the entire data directly with any **outsider**.

這份比較表屬於機密資訊，請不要將整份資料與任何**外人**分享。

insider [ˈɪnˈsaɪdɚ] n. 內部的人、知情者

4. 保密性通知，請注意此訊息僅供收件人使用

confidentiality [ˌkɑnfɪˌdɛnʃɪˈælɪtɪ] *n.* 機密

例 CONFIDENTIALITY NOTICE: This e-mail, including any attachments, is for the sole use of the intended recipient(s) and may contain confidential and privileged information.

保密性通知：這封 e-mail，包含任何的附件，為僅供指定收件人使用，並可能含有機密與特許資訊。

Confidentiality Agreement 保密協議

5. 請勿將此供內部使用的機密資訊轉給任何未經授權的人

unauthorized [ˌʌnˈɔθəˌraɪzd] *adj.* 未經授權的

例 Please do not share the information in the file with any unauthorized users. This document is confidential and for internal use only.

請勿將此檔案裡的資訊與任何未經授權的使用者分享，此為機密文件，僅供內部使用。

6. 未經授權的閱覽、使用、揭露或散佈皆不可為

disclosure [dɪsˈkloʒɚ] *n.* 揭發、透露、揭發（或敗露）的事情

例 Any unauthorized review, use, disclosure or distribution is prohibited.

禁止任何未經授權的閱覽、使用、揭露或散佈之情事。

Non-disclosure Agreement (NDA) 保密協議

7. 此私人訊息可能含有機密、專有及法律特許的資訊

privileged [`prɪvɪlɪdʒd] *adj.* 特許的、享有特權的

例 This message is private and may contain confidential, proprietary and legally **privileged** information and materials.

此為私人訊息，可能含有機密、專有及法律**特許的**資訊與素材。

8. 若您不是指定的收件人，請銷毀此訊息及附件

destroy [dɪ`strɔɪ] *v.* 破壞、毀滅

例 If you are not the intended recipient, please notify the sender and **destroy** the original message and attachments.

若您並不是指定的收件人，請通知寄件人，並**銷毀**原始的訊息及附件。

9. 免責聲明，我們已採 e-mail 防毒處理，若仍受病毒侵擾，將無法負責

disclaimer [dɪs`klemɚ] *n.* 免責聲明

例 DISCLAIMER: Although we have taken reasonable precautions to ensure no viruses are present in this email, we cannot accept responsibility for any loss or damage arising from the use of this email or attachments.

免責聲明：雖然我們已採取適當的預防措施，以確保此 e-mail 不會含有病毒，但對於因使用此 e-mail 或附件而產生的任何損失或損壞，我們將不負其責。

disclaim [dɪs`klem] v. 放棄、否認、拒絕

9-5

放假囉！

　　放假是件令人多麼開心的事情啊～～對經銷商來說，聽到廠商通知放假，除了替他們開心（一秒），想的絕對是：那會不會影響到我們訂單的處理與出貨作業呢？通常會！但只要通知清楚，讓經銷商預做準備，也就不會帶來太大的困擾了！

　　放假通知裡所通知的多是國定假日（**national holiday**），而從英國廠商所發來的通知裡，看到的通常會是法定假日（**bank holiday**），這英文字面所說的是「銀行假」，最初本也就只銀行放假，但在 1871 年時，銀行家 Sir John Lubbock 提案促請將其定為法定假日，後來才會成為英國人都放的大假。

　　廠商通知放假節日時，會說到該放假日是為了慶祝（**in observance of**、**celebration**）哪一個節日，以及公司何時停工（**shutdown**）、休息（**closure**），何時會恢復正常營業時間（**business hours**），另外，會再提醒連假前可預先下單備貨，或可查詢假期季節的訂單備貨（**turnaround**）所需時間，而對於在放假期間內所收到的任何詢問，廠商都會在收假後再來回應（**respond**）囉！

1. 廠商通知國定假日放假一天，告知隔日 7 點恢復正常

national holiday *n.* 國定假日

例 Please note we will be closed for a **national holiday** on Monday May 29, 2017. We will return to normal business operations on Tuesday May 30, 2017 at 7 am Pacific time.

請注意 2017 年 5 月 29 日為我們的**國定假日**，放假一天，我們會在太平洋時間 2017 年 5 月 30 日 7 點恢復到正常營業時間。

2. 英國廠商通知法定假日放假一天

bank holiday（英國）法定假日

例 Please be aware that 1st May is a **bank holiday** here in the UK so no shipment will be sent on this day.

請注意 5 月 1 日為英國這裡的**法定假日**，因此這一天不會安排出貨。

3. 廠商告知放假日為慶祝哪一個節日

observance [əb`zɝvəns] *n.* 紀念、慶祝、遵守、儀式、觀察

例 Please note that we will be closed on November 24 & 25 **in observance of** the Thanksgiving holiday.

請注意我們 11 月 24、25 日放假，**慶祝**感恩節。

observe [əb`zɝv] v.

4. 廠商通知慶祝佳節的放假期間

celebration [ˌsɛləˋbreʃən] *n.* 慶祝、慶祝活動、

例 In **celebration** of Christmas and New Year's holidays, we will be closed from December 23-26, and again from December 30 through January 2.

為**慶祝**聖誕節與新年假期，我們將於 12 月 23－26 日放假，之後在 12 月 30－1 月 2 日期間會再次放假。

celebrate [ˋsɛləˌbret] v.

5. 廠商提醒放假停工的期間

shutdown [ˋʃʌtˌdaʊn] *n.* 關閉、停工

例 As a friendly reminder we will be closed for our holiday **shutdown** from the end of business hours on 12/23/17 to 01/02/18.

在此好意提醒您一聲，我們將於 **12/23/17** 下班開始到 **01/02/18** 放假，**停工**不上班。

6. 廠商通知假期休息前的最後一個國際出貨日

closure [ˋkloʒɚ] *n.* 關閉、打烊、結束、終止

例 December 18, 2017 is the last day for international shipments before the holiday **closure**.

2017 年 12 月 18 日為我們假日**休息**前的最後一個國際出貨日。

7. 廠商通知放假一天，隔日恢復正常營業時間

business hours 營業時間、上班時間

例 Please note we will be closed on Monday February 20th. We will resume normal **business hours** on Tuesay February 21st*

請注意我們將於 2 月 20 日星期一放假一天，2 月 21 日星期二會恢復至正常的營業時間。

open hours 營業時間

8. 廠商告知可向他們查詢假期季節的訂單備貨時間

turnaround [ˋtɝn əˌraʊnd] *n.* 準備、整備、周轉

例 If you are concerned about the **turnaround** time of your order during this holiday season, please contact us.

若您想知道在此假期季節期間您訂單的備貨時間，就請與我們聯絡。

9. 廠商表示除了出貨與現貨詢問事之外，其餘事皆在收假後再回應

respond [rɪˋspand] *v.* 回應、回答

例 Any emails not regarding shipping or availability will be **responded** to after the holidays.

對於任何不是關於出貨或現貨狀況的 emails，我們會在收假上班時再做回覆。

response [rɪˋspans] n.

國貿主題介紹

　　廠商即將要放假了，通常就會定出國內（**domestic**）及國外業務在放假前的最後接單日與出貨日，以及收假後的第一個出貨日，讓經銷商與客戶依此（**accordingly**）來安排下單。若是趕不及，廠商也會告知有幾個選擇（**options**），看是要收假第一天就出，還是得再遲一些才能恢復（**resume**）出貨。也有的經銷商會乾脆要求廠商先留著（**hold**）貨，等放假後再出，以避免通關或運送途中有狀況發生。

　　在假期季節裡，個人也常會藉此大好時節來休個假（**leave of absence**），因此，在假期季節的業務處理、email 回覆作業上，就可能（**likely**）因人力不足而做暫時的（**temporary**）調整。

　　另外，若到了聖誕與新年假期時節，就還會牽涉到訂貨適用價格的問題，因為新的年度可能會調漲價格，那對於舊年度接單、新年度才出貨的狀況，價格該守舊還是求新呢？有的廠商還是會將這樣的訂單視為合乎（**qualify**）以舊價計價的訂單，多給客戶一些彈性、一點兒好康，因為～放假就該大家一起開開心心的嘛！

1. 廠商的出貨通知裡包含了國內及國外出貨的可處理時間

domestic [dəˋmɛstɪk] *adj.* 國內的、家庭的

> 例 We will be closed on Monday (9/4) in observance of Labor Day. **Domestic** shipments will ship on Tuesday (9/5) while international shipments will ship on Friday (9/8).

我們將在星期一（9/4）慶祝勞動節，放假一天，國內出貨會安排在星期二（9/5），而國外出貨則是會在星期四（9/8）。

2. 廠商提醒放假日與收假日，請客戶依此來安排下單時間

accordingly [əˋkɔrdɪŋlɪ] *adv.* 照著、相應地、因此

> 例 I just wanted to remind you that next Monday is a holiday here and we will be closed for the day. We will return to work as normal on Tuesday but please plan **accordingly** for next week's orders.

我要來提醒您一下，下星期一是我們的假日，會放假一天，星期二就會收假正常上班，但請依此來規劃下星期的訂單。

3. 廠商告知如沒能在放假前及時下單，則可選擇假期後另日出貨

option [ˋɑpʃən] *n.* 選擇、選擇權

> 例 If you are not able to meet this deadline of order placement before holidays, you have the **option** of shipping your order on Monday, August 15th.

若您無法趕在放假前的下單期限發來訂單，那麼您可選擇要求訂單在8月15日星期一出貨。

4. 廠商通知放假日，告知隔日收假上班可恢復辦理出貨

resume [rɪ`zjum] *v.* 恢復、收回；[ˌrɛzjʊ`me] *n.* 簡歷、摘要

例 We will be closed on Monday, 29th August for the Late Summer Bank Holiday. No shipments will be processed on that day and outgoing shipments will **resume** again on Tuesday, 30th August.

我們在 8 月 29 日星期一會放夏末法定假日，那天不會辦理出貨，要出的貨會在 8 月 30 日星期二恢復辦理。

5. 廠商通知放假日，詢問客戶要放假前或放假後出貨

hold [hold] *v.* 扣留、握著、支撐

例 Due to Martin Luther King Day next Monday January16th, our office will be closed on that day. Would you like us to ship tomorrow or **hold** it until Tuesday to be shipped?

下星期一，1 月 16 日，是馬丁路德紀念日，我們公司會放假一天，請問您要我們明天出貨，還是要先留著，等星期二再出呢？

6. 廠商通知放假期間，以及個人請假、不在公司的期間

absence [`æbsns] *n.* 缺席、缺乏

例 Please note that we will be closed December 23th through January 3rd, for the Christmas and New Year holidays. I will be taking some additional time off from December 18th to 22nd. Please contact Ann (ann@pyccorp.com) in my **absence**.

請注意我們的聖誕與新年假期期間為從 12 月 23 日到 1 月 3 日，我也會從 12 月 18 日到 22 日再多放些假，我不在的這段期間，還請與 Ann（ann@pyccorp.com）聯絡。

7. 廠商告知兩個連假期期間的上班日仍可接單，但可能無法出貨

likely [ˋlaɪklɪ] *adj.* 很可能的、適合的；*adv.* 很可能

例 We will be closed during December 23-26, and again from December 30 through January 2. We will be open December 27-29 to accept your orders, but **likely** we will not be able to ship orders to you during that time.

我們會在 12 月 23－26 日放假，之後從 12 月 30 日一直到 1 月 2 日會再放假，12 月 27－29 日期間我們可接單，但**很可能**在這段期間內我們會無法安排訂單出貨。

8. 廠商通知假期季節裡的作業會有些暫時的調整

temporary [ˋtɛmpəˏrɛrɪ] *adj.* 暫時的；*n.* 臨時雇員、臨時事物

例 I wanted to let you know that there may be some **temporary** shifts in our email responses during the holiday season.

我想要來通知您一聲，在這個假期季節裡，我們的 email 回覆可能會有些**暫時**的變動。

9. 廠商通知放假前發來的訂單仍可合乎以舊價計算的資格

qualify [ˋkwɑləˏfaɪ] *v.* 使具有資格、授權予、具備合格條件

例 All orders received by December 29 will be processed at the current 2017 prices, even if they are shipped in January, so don't hesitate to send your orders early to **qualify** for those prices.

對於我們在 12 月 29 日之前所收到的訂單，即使是 1 月才出貨，仍將會以 2017 年目前的價格來處理，因此，請盡早發來您的訂單，以符合使用此價格的資格。

❓ 國貿人提問：英文祕書做久就只能孤芳自賞嗎？

　　您好，我是個有十幾年資歷的資深英文秘書，從初入這行介紹自己時那種高亢的聲調說著「我是英文秘書！」，到現在這種我總覺得矮人家半截而不免唯唯諾諾地說著的「我是英文秘書⋯」，這其中心態變化之大，我也頗感無奈⋯每次老闆要我寫長信給國外時，寫的當下我當然埋頭，但寫完後我都不免睥睨昂首，孤芳自賞一番！這就是我當英文秘書的樂趣！但是，這樣的日子過了五年之後，我那種自賞的滿足已經很少了，因為，能夠讓我自賞的來源也真的只有這枝孤芳，除此之外，我都是在為他人作嫁，我所做的都是在傳達、在翻譯，沒有人需要我的自主意見⋯我其實還覺得自己是個有能力的人，但秘書做久了，好像也沒有什麼地方能讓我展現我的能力，所以，我就這樣愈做愈小，愈來愈懷疑這樣的我的價值在哪裡？不好意思，寫到這裡，我發現這好像不是跟外貿有關的問題，而是那種該去心理專欄提問的問題哩！不過，要是您還肯給我您的答覆與建言，我會十分感激的！

無人欣賞、無處發功、無力轉型的 Rose

國貿經驗分享

　　親愛的 Rose，妳的心情我懂！我想，很多的英文祕書都懂妳所說的這種覺得自己愈來愈渺小的感覺！但其實我們有沒有真的那麼渺小？沒有的！現在我要來告訴妳，我們可以做大，我們可以讓自己相信自己是有價值的！

　　請妳回想一下，當一個英文秘書，最初的自豪就是來

自於用英文傳達與翻譯的能力，但是有了這樣的自我肯定之後，接下來會讓我們得到的工作滿足就不在這裡了。

　　那麼，是在哪裡呢？英文祕書的角色屬於幕僚，我們確實是在傳達、在翻譯，但我們在資訊蒐集與整理的過程中所用上的早已不是英文力，而是我們的邏輯、判斷、歸納與論理的能力，這樣的能力除了能讓我們使命必達地將主管交辦事情辦到好，請不要忘了，妳還可以在主管跟妳說明事情時，運用妳對國外原廠的理解、對事理論理的熟稔，來提供對事情本身或處理方式的建言…有時，妳的主管不見得比妳更了解怎麼與原廠溝通，這很正常，因為我們對原廠的認識比一般人都多，所以我們也要記得用我們的專業來幫主管的意見順出更好的「邏輯」，添上更能說服原廠的「理」，並不要忘了加上「禮」！這些處事的方式與能力，就是妳發功的地方！這樣的功夫天天練、日日做，妳就會有自己專業且具自信的「型」！而這樣的妳，一定會受到賞識的呢！共勉之！

國家圖書館出版品預行編目(CIP)資料

國貿人在全世界做生意的必備關鍵翻譯與
句型/ 劉美慧著. -- 初版. -- 臺北市：倍斯特,
2017.10　面；　公分. -- (職場英語英語；4)
ISBN 978-986-95288-3-2 (平裝附光碟片)
1.商業英語 2.讀本

805.18　　　　　　　　　　　106016939

職場英語系列　004

國貿人在全事業做生意的必備關鍵翻譯與句型(附MP3)

初　　版　　2017年10月
定　　價　　新台幣379元

作　　者　　劉美慧
出　　版　　倍斯特出版事業有限公司
發 行 人　　周瑞德
電　　話　　886-2-2351-2007
傳　　真　　886-2-2351-0887
地　　址　　100 台北市中正區福州街1號10樓之2
E - m a i l　best.books.service@gmail.com
官　　網　　www.bestbookstw.com
執行總監　　齊心瑀
行銷經理　　楊景輝
執行編輯　　陳韋佑
封面構成　　高鍾琪
內頁構成　　菩薩蠻數位文化有限公司
印　　製　　大亞彩色印刷製版股份有限公司

港澳地區總經銷　　泛華發行代理有限公司
地　　址　　香港新界將軍澳工業邨駿昌街7號2樓
電　　話　　852-2798-2323
傳　　真　　852-2796-5471

Simply Learning, Simply Best!

Simply Learning, Simply Best!